MÁS ALLÁ DE LOS LÍMITES

-CÓDIGO HUMANO- Basada en una historia real

Aruani, Alfredo
Más allá de los límites : código humano / Alfredo Aruani ; Oscar Virga Digiuni. - 2a ed . - Godoy Cruz : Tinta de Luz, 2020.
232 p. ; 22 x 14 cm.

ISBN 978-987-47590-0-9

1. Ciencia Ficción. 2. Aconcagua. 3. Novelas de Aventuras. I. Virga Digiuni, Oscar II. Título
CDD A860

MÁS ALLÁ DE LOS LÍMITES | Código Humano.
Autores: ©2020, Alfredo Aruani y Oscar Virga Digiuni.

Ilustración, edición y diseño: Editorial Tinta de Luz
+54 9 261 3014073 | info@tintadeluz.com.ar | www.tintadeluz.com.ar
Mendoza, Argentina.

*

Impresión: Morel Talleres Gráficos - Ficus SA
Rioja 333 - ciudad - Mendoza

Queda hecho el deposito que establece la ley 11.723

ISBN 978-987-47590-0-9

Segunda edición
Mendoza, Argentina 2020

Índice

PRIMERA PARTE 9

1. Corriendo al límite 11

2. Nada es para siempre 15

3. Proa al cielo 19

4. Uno es multitud 23

5. Uno busca lleno de esperanzas 33

6. El cuarto Rey Mago 41

SEGUNDA PARTE 47

7. Apostolados 49

8. Con el cielo entre ceja y ceja 63

9. Azul profundo 75

10. Si es necesario, es posible 93

TERCERA PARTE 115

11. Furia de titanes y después 117

12. Una sala nada común 133

13. Manos profesionales. Manos duras. Manos santas. Manos azules 155

14. Tiempo nuevo sin juicios viejos 171

15. Volver al sol 189

CUARTA PARTE 193
16. ¿Volver al futuro? 195
17. El dolor es el camino 203
18. Vitamina B 211
19. Minutos 215
20. Volver a empezar 221
21. Mi amigo el sol, café y después 225

Dedicado a Olga…

"Darlo todo, ir por más". La vida nos pone límites todo el tiempo. Pueden ser vistos como avisos sugerentes, desafiantes, o con excesivo respeto, casi traicionando las capacidades propias del ser humano. Este libro es un testimonio visceral de mi manera de entender la vida, de lo que sucede cuando la gente cree más en sus posibilidades, que en las aparentes fronteras de las circunstancias que les toca vivir.

Alfredo Aruani
alfredo.aruani@yahoo.com

Nos lleva años aprender sólo algunas líneas del código humano. Apenas podemos descubrir trazos gruesos de un diseño majestuoso. Nos vamos reconociendo en lo que hacemos. Nuestra vida transcurre con una métrica particular, cadenciosa. Contagiamos a lo que nos rodea y recibimos su reflejo. Cuando ese circuito es virtuoso, creemos en el valor del ser humano que nos da sentido. Se abre una "ventana de conciencia", que nos revela un nuevo para qué estamos aquí, en este tiempo y lugar.

Oscar Virga Digiuni
oscargvirga@gmail.com

Este libro es la conjunción de muchas historias. Hay quienes no saben que las aportan, como tantos personajes que juegan sus roles en ellas, y también hay personas que han sido muy necesarias, con sus intenciones, sus vivencias y sus acciones.

Nuestro agradecimiento a todos aquellos que nos acompañaron e hicieron posible hacer realidad este hermoso sueño.

Y el reconocimiento por su colaboración a:

Gustavo Esteban
Realizador Audiovisual
latrocaproducciones@yahoo.com.ar

Nancy y Beto Zunino

PRIMERA PARTE

PRIMERA PARTE

1. CORRIENDO AL LÍMITE

Y cortar las amarras lógicas, ¿no implica la única y verdadera posibilidad de aventura?

Oliverio Girondo

En aquellos días disfrutaba de unas vacaciones en Mar del Plata junto a mi familia. Atento a nada, entregado a una molesta tranquilidad para lo que eran mis días habituales, una tarde se interrumpió por los anuncios de un importante maratón. Un motín de ansiedad se apoderó de mi voluntad y fui en busca del stand de inscripciones. Mientras esperaba que atendieran a los que estaban delante de mí, tuve tiempo para pensar, al menos dos veces, qué cosa me inspiraba a estar formando una discreta fila cuando no tenía nada que pagar, ni comprar, ni votar... ni esperar. ¿Qué estaba esperando?

Me respondí que en vacaciones muchas personas somos llamadas por alguna forma de conciencia a iniciar un ciclo de actividades de mantenimiento saludable de nuestro cuerpo. Desde ya, sol, aire, caminatas, despreocupaciones, miradas a la nada, miradas a cosas bellas, miradas… alimentación medida, disfrute de la compañía familiar, deportes playeros, descanso. Pero, además, la sensación de bienestar dispara la promesa de no abandonar ese ritual. O algo de él, lo que pueda trasladarse a la selva de cemento.

Por ahí, un desafío fuerte, inimaginable en sus consecuencias, podía ser un buen punto de partida para que no quedara solo en eso. A ver si, esta vez, podía continuar lo que me proponía como objetivo. Tal vez estaba bueno, pensé, esto de probarme en la persistencia con mi determinación en algo que tuviera un fin cercano. Tantas veces había dejado en difusas intenciones otros tantos inicios, que creí válido probar en pasos más cortitos. Asegurar que me aguantaría la energía para alcanzar la meta.

Sentí una mezcla de sensaciones en los días previos a la largada. Por un lado, esa sensación tan linda que es el entusiasmo por la novedad, por el reto. Por otro lado, una especie de inquietud porque esta vez no me volvería a quedar con las ganas de terminar lo que empezaba. A los 38 años, Fernando, es un buen momento para demostrarte esa actitud que te estás reclamando.

Mi preparación fue la de un profesional de las vacaciones. Puse a mi familia como testigo de un muy primitivo régimen de entrenamiento. Iba por mis olimpíadas personales... con lo puesto.

Llegó el día. Como suele suceder en estos acontecimientos, la cita congregó a una multitud. Los días son muy largos en esos tiempos de tanta paz para mucha gente que no está acostumbrada. Por eso estas convocatorias ayudan a encontrarle sentido al paseo. De este lado de las miradas, yo y los otros ajustamos músculos y bisagras para la tribuna. Nos esperaban, ansiosos, diez kilómetros.

Antes de largar, me reproché si no me había pasado de rosca en el precalentamiento. ¿Y si tanto preámbulo se terminaba en la esquina por no controlar mi ansiedad? Sin embargo, fui consciente de que transitaba la ruta de lo posible, seguro de que a la adversidad había que batallarla. En esos pensamientos estaba, cuando la sirena de largada los quebró. Lo mismo le pasó a la cinta de partida, desbordada por miles de almas desafiantes que corrían contra sus límites.

El circuito trazado se hizo eterno, mi cuerpo suplicó coherencia, reclamó sensatez. No sé de dónde salió, pero un deseo profundo, refugiado en un silencio cómplice, me animó:

—Si logro terminar esta carrera, el próximo año voy a llegar a la cima del Aconcagua —me dije.

Mi piel respondió, se estiró, encogió, ganó metros. El sudor a raudales libró peso, aligeró mis pies, devoró kilómetros. Hubo un momento en que estuve a punto de mandar todo al diablo. Luego de una confusa sucesión de minutos, fui volviendo a un equilibrio más estable. A partir de allí, los mecanismos funcionaron armónicos, inconscientes, desconectados de cualquier voz contraria. Ya no me pareció lejano el objetivo. Podía percibirlo en extrañas sensaciones mezcladas golpeando mi rostro: aire fresco de montaña con brisa del mar. Fui reconociendo voces, mi vista pudo descubrir afecto entre la multitud. Distinguí claramente siluetas conocidas gritando cerca del cartel de llegada. Ese aliento me regaló una bocanada de oxígeno, con la que terminé de cruzar la meta. Allí me dejé atrapar en la red de abrazos que tendió mi familia.

Desaté una alegría contenida. Objetivo cumplido. ¿Cuál? ¿Una anécdota de verano? ¿Una demostración de poder ante mi gente? ¿Correrle y ganarle a mis límites?

En algún momento se calmaron los golpes del corazón. Entonces, no sentí que hubiera cumplido ningún objetivo. Había sido un trámite, necesario pero no suficiente. Lo que hubiera pretendido, ya era historia. Ahogué en la ducha los restos de mi triunfo y entré en otra dimensión. Cerré los ojos y el deseo me impulsó a encontrar esa misma noche al menos algún material escrito sobre el Aconcagua. Ahí mismo empezaba el siguiente maratón.

Trepé ágilmente por los lomos de muchos libros en una luminosa estantería de una librería céntrica, hasta que pequeñas frustraciones comenzaron a invadirme. Recordé, entonces, mi origen y residencia mendocinos, que nunca le había dado más importancia al Aconcagua que lo que marcaba el orgullo regional, y que ocasionalmente estaba de vacaciones en tierras ajenas de montañistas.

—¿Qué carajo me pasa ahora? ¿De dónde salió tanta intensidad anímica con esta idea? ¿Me falta escribirle una carta a los Reyes Magos para pedirle que me ayuden?

Un fuerte calambre interrumpió mis devaneos. Hasta la mueca de risa transmutó en expresión de dolor. Mi cuerpo cobró así la cuenta de tantos meses de olvido.

*

2. NADA ES PARA SIEMPRE

Yo no soy lo que me sucedió. Yo soy lo que elegí ser.

Carl Jung

Todos nacemos con el don de la creatividad. Es un rasgo distintivo del ser vivo. A imagen y semejanza del Creador, dicen que somos hechos. Paradójicos, también somos. A medida que vamos descubriendo dónde estamos, relevando el entorno, más creencias vamos cargando para explicarlo. Hay creencias que creamos y otras que solo creemos. Con el tiempo, la necesidad de ser uno mismo, único, pasa a la de ser uno más, y ahí empezamos a creer más que a crear. Sentamos cabeza, cosa que rompería con todos los esquemas físicos, pero está a la vista que existe. Cuando descubrimos que es más importante lo que los demás piensan de nuestra obra que nuestra propia opinión sobre ella, vamos dejando atrás el don de la creatividad, y de la misma forma que aprendemos a guardar los juguetes en un cofre porque ya crecimos, vamos dejando guardado nuestro don hasta que no nos acordamos más que lo tenemos y se empieza a atrofiar por falta de uso. La buena noticia es que no lo perdimos, solo está guardado.

Sin tanta perorata, pero intuyendo que estábamos revolviendo el cofre infantil, a mi regreso a Mendoza nos juntamos Daniel Sanzone, el *Colorado* Cantalejos, el *Pollo* Pascual y yo. Bueno, los junté. No hacía falta que los convocara con mucha formalidad. Éramos como bomberos para todo tipo de encuentros.

*

Con Daniel nos conocíamos desde la escuela primaria. Hijo de un padre que fue a comprar cigarrillos y parece que no encontró el camino de regreso a su casa, completó su crianza desde los seis años solo con su madre, su tía y sus dos hermanos. Yo nací solo doce días antes que él. Fue abanderado durante todo su tiempo escolar. Un bocho. Compartimos muchas vivencias, desde aquel primer pastel de papas hecho por mi vieja cuando teníamos 7 años y las primeras salidas nocturnas, incluyendo "hacernos pata" con la amigas de la piba que a uno le gustaba, aunque fuera un bagallo.

Después, nos prestamos autos, convivimos en vacaciones y hasta nos casamos juntos en la misma ceremonia. Entiéndase que cada uno con su señorita elegida… Luna de miel, también juntos, en un mismo auto, mutuas donaciones de sangre para las madres de cada otro. Un hermano.

Con el *Colorado* nos conocimos en el primer año de la secundaria del colegio Santo Tomás de Aquino. Toda nuestra adolescencia estuvo plagada de escenarios comunes: saliendo con el mismo grupo, mujeres del mismo grupo, asados, deportes y acompañarnos en momentos difíciles. Siempre andábamos juntos con él y Daniel. Con unos 15 años cada uno, formamos un grupo musical, donde el *Colorado* cantaba y tocaba el bajo, Daniel cantaba y tocaba primera guitarra y yo no cantaba y tocaba el órgano. El *Colorado* era el fachero de la banda y eso nos facilitaba para conseguir mujeres. Cuando su madre enfermó de cáncer, no dudamos en ir con Daniel y otro amigo a Chile a buscar unas gotas de una monja que era famosa por curas milagrosas. No nos alcanzó el milagro. Un tipo puro corazón.

El *Pollo* apareció en la facultad, como compañero de la carrera de Ingeniería en Construcciones de Daniel y el *Colorado*. Venía de otra escuela, el Pablo Nogués, y tenía una onda rústica, medio retacón y con escasos cabellos en la testa. Árido en sus formas externas y cálido por dentro.

Muy por dentro. Compartimos muchos momentos, porque nos entendíamos y coincidíamos bastante desde el principio de nuestra relación.

*

Entre temas varios que hacían a nuestros encuentros frecuentes, les tiré, directo al pecho:

—Quiero que subamos al Aconcagua.

—Estaría bueno, che —dijo Daniel, reacomodándose en la silla—. Es un lindo deporte para saber si estamos entrando a la segunda edad... Es menos arriesgado que tratar de seguirle el tren a una pendeja…

Estallaron las carcajadas. Tal vez tuviera razón. No se me había ocurrido la comparación. Es más, comprendí que estaban comprando la oferta sin revisar mucho el contenido. No me interesaba tampoco que lo hicieran. Yo quería compartir esta experiencia con mis amigos de siempre, los que pasamos por otras aventuras antes, probablemente tan desconocidas como ésta y seguramente menos elegidas... Estuvimos toda vez que la vida nos puso en el mismo escenario, aunque fueran rotando los actores principales en cada drama. Ahora, nos hicimos un coro. Parejitos, vamos a cantar en vez de llorar.

—Hijo de puta ¿por qué no corremos maratones? —quiso defenderse el *Pollo*.

—Las dos cosas, sí —le respondí—. Hay que prepararse muy bien.

—Yo voto por lo de las pendejas —soltó el *Colorado*—. Corramos pendejas... jajajaja.

Podían seguir diciendo lo que quisieran toda la noche, pero yo sabía que el plan ya marchaba.

Otros cuatro amigos del alma: *El Manzana* Rodríguez, Darío Viggiani, Osvaldo Araujo y Daniel Ubeda, no participarían de esta aventura por no disponer de tiempo para la exigente preparación que demandaba este desafío. Sin embargo, no faltaron muestras de afecto y aliento por parte de ellos apoyando la decisión que habíamos tomado.

*

3. PROA AL CIELO

La utopía es el principio de todo progreso.

Anatole France

Puse proa a encontrar a quienes nos asesoraran, prepararan, técnica y físicamente. A cada quien con que tomaba contacto lo pasaba por una prueba rigurosa. Podría utilizar otra palabra, menos académica. Me sentía un chico en la edad de los porqué. No sé por qué.

Cada día iba creciendo el tiempo dedicado a esta aventura en proporción inversa al que le quitaba a mis dedicaciones habituales, que volverían a ser habituales después de esta aventura. Corrían días complicados para mí. Además de mi nuevo amor, el Aconcagua, pasaban cosas fuertes en el gremio. Años atrás, cuando entré al banco, no soñaba con llegar a ocupar un cargo importante en la seccional Mendoza de la Asociación Bancaria. No lo soñaba, pero es probable que ya supiera mi destino. Como nos pasa a todos, creo.

Siempre fui un tipo rebelde a las estructuras, o mejor dicho a las mañas de las estructuras. Familia, escuela, matrimonio, banco, todos lugares con estructuras que me habían tenido que soportar, a mí y a mis desafíos. En todos esos casos, podría decir que me movilizaba el ansia de justicia y podría quedar como un héroe moderno. Nada de eso. Era un gran testarudo y punto. Las cosas, a mi gusto, porque sí y porque me llamo Fernando.

Después, buscamos explicaciones para maquillar la cosa. Mi visión en el tema gremial era justiciera, claro, pero no solo eso. Hay un encanto en la actividad social, en que las cosas sean mejores de lo que están, en protagonizar eso... Una vez, tomando un café con otro amigo, Oscar, me dijo que en esa vocación de servicio social había un desprendimiento peligroso de lo personal, como valor humano, casi rayano en la manipulación. Querer controlar todo. Todo o nada.

Me llevé esa idea de recuerdo...

*

En aquellos días de marzo, mi destino me estaba trayendo la foto imaginada. El banco más grande de Mendoza estaba en manos nuevas y prácticas más viejas. Casi medievales. Había que ponerle más atención cada día, porque salían conejos de todos los rincones. Rabiosos, nada tiernos. Había mucho temor en sus trabajadores y se empezaba percibir un tiempo de relaciones tortuosas y complicadas con los nuevos dueños. Sin saberlo aún, eso también estaba contribuyendo al entrenamiento para la misión Aconcagua. El tema de las relaciones humanas en lugares donde el entorno bravo pone a prueba la convivencia es un capítulo que no todos estudian. Ocurre que el castigo, según sea el teatro de operaciones, no es llevarse la materia a marzo.

Se sucedían reuniones de todo tipo, con directivos del banco y en asambleas. Café y cigarrillos eran material descartable. Los minutos de esos días, también. De todos modos, me las arreglaba para seguir alimentando el proyecto. No sé si una cosa me daba adrenalina para la otra o ambas me estaban consumiendo dosis extras. Pero seguía trepando los días. Rumbo al cielo o al segundo piso del gremio. Pero siempre para arriba.

Una tarde de abril, en un café de calle San Martín, cerca de la Alameda, fue el bautismo de la criatura. Llegué primero y decidí ubicarme en una mesita del fondo, para estar tranquilos y concentrados en lo que nos ocuparía. Seríamos cinco: los cuatro miembros del equipo y el guía de montaña que habíamos elegido como acompañante, después de una severa selección y evaluación entre los... un miembro de la expedición. Yo.

José, el guía, era un hombre de formas rudas. De estatura mediana, imponía su presencia con actitud firme y una voz que no le iba en zaga. Avezado andinista, con unas cuantas ascensiones al coloso, nos cargó las cabezas con diferentes recursos de marketing montañés. Contó historias, habló de estrategias, disciplina, en fin... y también de su garantía. Recuerdo que dijo: "No puedo permitirme bajarlos ni con una uña encarnada, nunca un cliente mío sufrió un rasguño... ".

El guía nos desplegó una sucesión de imágenes fotográficas para alardear en sus conocimientos. Predicó su fe con precisión, el espíritu montañés, que vociferó hasta el hartazgo. Su estilo tendía al fundamentalismo. Se reservó un solo límite para sus guiados: la prudencia. Y estaba dispuesto a defenderla ante cualquier capricho o desafío irracional que pusiera en peligro la vida de alguno de nosotros. ¿Quién lo discutiría?, pensé.

Unos días después, Inés, mi esposa, en otra reunión realizada en casa, le preguntó sobre su manera de ejercer esa prudencia con gente de distintas formas de ser.

—¿Qué haces si alguno no quiere bajar?

—¡Lo bajo de una trompada! —aseguró, transmitiendo tanto respeto como voluntad de hacerlo.

—Fernando no es un tipo fácil —agregó Inés.

—¡Lo bajo como sea! —y le creyeron todos.

Luego de señalarnos algunos otros aspectos técnicos y presupuestarios, se retiró. Una vez solos, *Colorado* rompió el silencio:

—¿Podríamos intentarlo, sí?

Daniel movió su cabeza afirmativamente.

—¡Hagámoslo! —repliqué al instante.

—Señores, el Aconcagua nos espera —sentenció el *Pollo*.

Hablaba poco, pero había que escucharlo...

Todos soltamos la risa, buscamos una cerveza y brindamos ruidosamente. La libertad es, al cabo, la capacidad de vivir en paz con las consecuencias de nuestras propias decisiones. Esa era la primera consecuencia: brindar por el éxito.

*

4. UNO ES MULTITUD

La naturaleza no conoce la derrota.

Og Mandino

Había que vernos. Sublimamos nuestro apetito devorador de carne por una alimentación sana, que terminó por convertirnos en naturistas con fecha de vencimiento. Pero firmes en ese tiempo. Emborrachados por este particular heroísmo, excluimos hasta el alcohol, testigo de íntimas confidencias, para dar paso a la ingesta diaria de jugos naturales y comidas ricas en hidratos de carbono y proteínas.

El entrenamiento empezó liviano. Caminatas, trotes, paso-carrera, con intensidad creciente. Un desafío de apenas mil y pico de metros, el cerro Arco, vigía de la ciudad de Mendoza, nos recibió como a todo primerizo. Con todos los mimos para que nos quedemos allí. Si bien es una elevación de relativa altura, la pronunciada pendiente siempre exige un esfuerzo adicional. Su ubicación cercana nos permitió elaborar una rutina de ascenso sin descuidar nuestras obligaciones personales.

Subíamos metros con la misma facilidad que bajábamos kilos y flacidez. Logramos establecer una rutina de ascensos, sostenidos con una dieta y cuidados rigurosos. La duda permanente sobre si alcanzarían estos esfuerzos para el asalto final era el principal aliciente para consolidarlos como la cultura del grupo. Algo así como un escape al futuro, solo que, a diferencia de la película, no nos perseguía nadie. La ecuación funcionó: nos sentíamos ágiles y fibrosos.

A esa altura, no nos preguntábamos si manteníamos el ímpetu original. Era un juego, estábamos en plena cancha. No había lugar a perder tiempo y energía en esas pavadas, que podían distraernos del foco. Disfrutamos mucho la experiencia y creo que más la valoramos porque compartir este proyecto era como un déjà vu. Pasaron los años, pero los viejos amigos nos seguíamos apoyando mutuamente cuando la mano venía dura.

*

Inés, mi mujer, estaba ya acostumbrada a verme poco en casa. También, tomaba naturalmente mis decisiones. Las mujeres tienen, dicen, ese sexto sentido que explica muchos de sus comportamientos. Algunos no tienen explicación aún, dicen otros.

Fue testigo de los momentos fundacionales del proyecto Aconcagua. Creo que por los años que llevábamos juntos pocas cosas podían sorprenderla de mí. Sabía que yo no era un tipo de planes ni maneras tímidas. No obstante, varias veces me preguntó cómo iban las cosas, quería saber detalles de los progresos, cómo estaba el grupo... en fin, en algún momento percibí que para ella esta aventura no parecía una más del loco con el que convivía.

Una tardecita fría de aquel invierno, había suspendido una de las trepadas porque una gripe muy fuerte había tomado posesión de mi cuerpo. Yo estaba recostado, leyendo el diario. Ella se acercó, se sentó en la cama, de su lado. Traía un gesto que no pude definir fácilmente.

—Fernando, ayer cuando vino el *Pollo* a buscarte y no estabas, estuvimos charlando un ratito. Lo noté raro, como tristón. ¿Qué le pasa? —me dijo.

Estaba funcionando a pleno su sexto sentido. El *Pollo* ya me había confiado que abandonaba el proyecto, cuando entendió que una vieja lesión de su rodilla no soportaba la exigencia. No lo había hecho público todavía, pero lo invadía una gran desilusión.

—Anda con problemas físicos —respondí, intentando quitarle trascendencia al asunto.

—¿Sabés?... no me lo dijo, pero tengo la sensación de que no va a ir —siguió diciéndome.

—No, no es eso.

Yo ya sabía lo de él e intuía el segundo mensaje de Inés...

—Y los otros chicos, ¿cómo están?

—Bien, estamos todos bien.

Traté, otra vez, de sacarla del tema. No lo conseguí.

—¿Qué cuentan ellos de sus familias? ¿Cómo han tomado todo esto?

—Mirá, la verdad que no hemos hablado de eso. Si hubiera habido algo pesado, creo que lo sabría. Somos amigos de hace mucho y eso no es lo más grave que nos ha tocado compartir. Además, vos conocés a las familias.

Me defendí como gato al que le agarran la cola, tirando un manotazo. Pero su sexto sentido había invadido a los cinco míos. Cambié de tema y salí del paso. Es una forma de decirlo...

*

El *Pollo* no tenía la cabeza junto al cuerpo cuando entrenábamos. Varias veces había abandonado antes de completar la rutina. Otras veces había faltado. Se veía venir su partida de la misión.

Un día nos reunió para contarnos de su decisión.

—Muchachos, no puedo seguir —dijo parcamente. Sin mirarnos, casi.

—¿Qué pasó, loco? —el *Colorado* se inclinó para acercarse y ponerle calidez a un instante frío.

—No puedo más. No me da la rodilla...

—Bueno, pero ¿qué pasó? Estuviste siempre, desde el principio, esto es duro para todos y la vamos llevando… no aflojes, *Pollito*… vamos…

Daniel quiso empujar, sabiendo que no era sencillo. La charla siguió un rato más, intrascendente. El *Colorado* prendió un cigarro y se levantó. Yo no hablaba, pero no por no saber qué decir. Sabía que no tenía nada que decir, al menos en ese tema. El *Colorado* volvió a arrancar.

—Bueno, ya está. Lo cerramos acá. Te entiendo… —giró hacia nosotros y disparó—, ¿y ustedes?

—¿Nosotros qué? —le dije.

—¿Siguen?

—Seguimos —respondí.

—Claro, sí —acotó Daniel.

El *Colorado* se tenía que ir a otra reunión y apuró los saludos. Abrazó afectuosamente al *Pollo*.

*

Yo influía mucho en la gente cercana. En el gremio y en mis círculos afectivos o sociales. Es claro que los ambientes eran distintos, pero yo era el mismo. Yo y mi tozudez. No era fácil decirme que no. O no era fácil para mí aceptarlo. Hay veces que un "no" se toma como un rechazo personal y se arma una catarata de interpretaciones que se estrellan en la nada. No existe el "no" personal, pero es muy común que así lo entendamos. Lo mismo pasa con los "sí". Aunque resulten más simpáticos sus efectos, "sí" (o "no", en su caso) es la respuesta a "algo" y no a "alguien". Aun cuando en la respuesta influya la calidad de la relación personal, no o sí querer acompañar a una persona en una propuesta es una decisión que tiene que ver con una idea. Se comparte o no, se desea o no. En cualquier caso, quien lo decide asume un compromiso consigo mismo antes que con el otro. Porque las consecuencias de esa decisión impactan en él antes que en nadie más.

En ese momento, sentí que era mejor que las cosas fueran así. Esto era una empresa para gente con toda la potencia puesta a disposición. Si alguno no estuviera pleno, sería un problema para todos. Me sonaba un poco fuerte pensar así cuando se trataba de un amigo del alma, pero yo no nací para poeta... Las cosas son como son. Seríamos tres leones en la montaña.

*

—Subir al Aconcagua es como correr en la Fórmula 1. Necesitás entrenamiento, adaptación, equipo, un espíritu competitivo, buenos mecánicos... Yo me considero un buen miembro del equipo de apoyo —nos dijo Gerardo.

Gerardo era un personaje de película. Con aspecto rudo y campechano a la vez, ese aire despreocupado de los que han estado en mil batallas, pausado para hablar y gesticular, mirada profunda. Dueño de una de las tiendas que visitamos para proveernos de equipos de montaña, fue con quien más cómodos nos sentimos y por eso lo elegimos para varias charlas. No sé si le habremos caído bien, si nos tuvo lástima por nuestro amateurismo o si no le quedó más que atendernos por lo insistentes...

Tuvimos una charla todos juntos en su comercio. Yo, algunas más, posteriores, en soledad. Me encantaba escucharlo hablar de historias de la altura. Recuerdo que él hacía hincapié en esa palabra: altura. Como si fuera un viejo sabio, pero sin la edad de un viejo sabio, desgranaba relatos de anécdotas con enseñanzas incluidas.

—La altura —me dijo una vez— pone a prueba mucho más que tu resistencia física. Ahí arriba se ve la grandeza espiritual de las personas. No es una batalla contra las piedras y el hielo. No... Es una vara para medir tu carácter, y saber cuánto estás dispuesto a conocerte y respetarte.

—¿Cómo es eso? —pregunté.

—Las dificultades están ahí para medirte con ellas. El cansancio, que te falte el aire, la convivencia con los que te acompañan, las dudas, el clima y todo lo que te pase son como tentaciones a tu espíritu. Como te comportás en situaciones extremas es tu esencia. Ese sos vos, desnudo, sin filtros, sin maquillaje… —rió con ganas...—. Qué has aprendido en tu vida y cuánto está arraigado eso. Qué querés ver de vos que sea más fuerte que tu propia personalidad. No se trata de llegar porque sí, para la foto...

Lo escuchaba extasiado. Quería más, porque se me estaban mezclando muchas sensaciones. Necesitaba aclarar el sentido de lo que me quería decir. Siguió en su monólogo, como por goteo. Sus ojos celestes eran como dos focos apuntados hacia los míos.

—Mucha gente no llega a la cima y es igualmente feliz por el intento. Porque para ellos vale mucho más el camino que llegar. Saben que han trabajado cada pasito, que han disfrutado, que han podido con eso y hasta eso —remarcó—. Acá pasa lo mismo, Fernando…

—No entiendo —y puse cara de necesitar un traductor. No le estaba mintiendo. No entendía lo que me decía.

—Acá es acá. En tu trabajo, en tu familia, si hacés algún deporte no profesionalmente. ¿Para qué hacés cada cosa que hacés? ¿Por un resultado? ¿No importa el camino? O dicho de otra manera, ¿el camino es un sufrimiento hasta llegar al final? ¿Cuándo es el final? ¿Qué pasa después del final? ¿Qué aprendiste?

Lo miré en silencio. Me estaba pegando por el campeonato mundial... pero quise más. Y él, también.

—¿Vos creés que yo te voy a vender más cosas hablando así? No sé si es la mejor estrategia, jajaja. Pero yo tengo claro, a mis 45 años, que la vida es una aventura para aprender todos los días, no importa si es acá o allá arriba. Y uno aprende cuando está abierto espiritualmente, cuando aceptás dialogar con lo que te pasa, corregir, decidir a favor de lo que sientas que es mejor para vos y no de lo que tengas que demostrarle a nadie... Vivir es disfrutarse...

Intenté que entienda para qué estaba yo ahí. No fui a un taller literario y equivoqué el domicilio.

—Creo entenderte, Gerardo. Pero no creo que a nadie le guste no llegar a la cima…

—No hablé de eso, Fernando —interrumpió con autoridad—. Hablo de respetarse a sí mismo, de no dramatizar los objetivos que uno se pone creyendo que es uno el que los pone, porque en la vida no hay dramas. Hay expectativas, más o menos sinceras con uno, y esa es la medida con la que comparamos el éxito o el fracaso. ¿Cuál es el fracaso si llegás a veinte metros de la cima y plantás bandera? ¿Qué subiste solo siete mil metros…? ¿No te pasó nada en el camino? ¿No te traes nada de regreso a tu día a día? ¿Fracasaste? ¿Para quién?

No sé a quién le estaba hablando. Estábamos solos en ese local.

—En el llano uno es independiente y autónomo, pero en la montaña los independientes y los autónomos se mueren… Ahí tomás conciencia de que somos seres humanos, chiquitos, humildes, frente a la dimensión de lo que nos rodea. El valor está en darse cuenta de que somos parte de esa dimensión. Que cada cosa tiene un sentido en ese lugar y que eso nos incluye. La condición extrema del contexto solo hace que aparezca lo mejor y lo peor de nosotros. Pero siempre somos los dueños de nuestras decisiones. En todo tiempo y lugar, lo que hacemos, nos hace. Si te respetás, estás respetando la montaña y entonces la montaña te ayuda a encontrar tu medida. Respetar, Fernando, significa disfrutar cada paso y no pensar en el siguiente con ansiedad. Sin dramas, porque la vida sigue en el paso siguiente…

Se enfocó en la bombilla, la acomodó, echó agua caliente en el mate y me miró, desafiante, mientras iba por un sorbo más, tranquilo.

Yo, colgado de una nube, desvié su mirada. No esperaba ese sermón. Pero era mucho para mis ambiciones del momento. Estaba enfocando en otro lado.

*

Pocas semanas después, el *Colorado* sufrió un robo que, además del perjuicio económico, embargó de temor a su familia. No era una buena idea seguir la vida como si nada hubiera ocurrido. Sus seres queridos le pedían por más presencia física suya en el hogar. Nosotros le estábamos reclamando por lo contrario. Su decisión no fue sorpresiva.

—Tengo que dejarlos, pero estoy a muerte con ustedes —nos dijo desde una gran tristeza por todo lo que estaba atravesando.

Solo quedábamos dos para sostener un sueño de cuatro. Sin embargo, otro obstáculo pondría en peligro el proyecto. Una feroz hepatitis se internó en la familia de Daniel y su cuerpo no pudo escaparse. Con el proyecto en el horizonte viniendo hacia nosotros en plazos ciertos, no había lugar para negociar nada. Su salida era tema resuelto para el grupo. El grupo de uno. Yo.

Me pregunté si los últimos acontecimientos representaban suficientes señales para ponerle fin a la misión. La respuesta la tuve cuando me encontré, la siguiente madrugada, cargando en la mochila víveres para uno. Sería jefe y soldado de mi grupo.

*

5. UNO BUSCA LLENO DE ESPERANZAS...

El problema de nuestro tiempo
es que el futuro no es lo que solía ser.

Paul Valery

En los posteriores entrenamientos traté de acomodarme a la novedad. Pensaba que éramos dos, mi soledad y yo. Le hablaba, le decía que no me molestara con comentarios inoportunos para esta etapa. Y para la siguiente, claro. O sea, que no me molestara. Si me quería acompañar, bienvenida, pero calladita. Era difícil entendernos con ella. Creo que como era "mi" soledad, la muy cabrona era tozuda como pocas otras. Yo había escuchado de diversas recetas para combatirla, pero no las había considerado necesarias para mí. Tuve que experimentar mi propia receta, porque no recordaba o no eran funcionales las que conocía. Decidí, entonces, sumarla a ella también a una alta exigencia de entrenamiento. Si no entendía razones, entendería órdenes.

El ritmo de los entrenamientos estaba pasando de fuerte a intenso y sentía varias cosas a la vez. Dolores, por todos lados, con los que negociaba fácilmente. Dudas, con las que estaba en franco plan de romper relaciones. Reclamos, de mis ausencias, porque tenía horarios muy elásticos. Excitación, convicción, agilidad, poder, encanto, obsesión, recuerdos, fantasías...

Daniel, Colorado y Pollo nunca dejaron de estar, ya no para ir por el Aconcagua sino para asistirme en la larga previa. Una vez a las 5 de la mañana, la siguiente a las 3 de la tarde y la próxima, a las 12 de la noche..., con frío, calor y hasta con lluvia. Los tres siguieron apareciendo, de a uno, cada tanto, en la base del cerro, para acompañarme en esa jornada de entrenamiento. El resto de mi entorno afectivo apoyó, incondicionalmente. En lo particular, me exigí a tal extremo que deslindé mis cotidianas responsabilidades para que nada perturbara mi concentración.

*

—¡Papi, no vayás, porque no vas a volver! —se quejó mi hija Nahir, de cinco años.

Contesté a sus palabras con una sonrisa, a modo de escudo, y así terminé de agregar el último bloque al muro de mi obsesión. Estaba inyectado por una rigurosidad extrema, legitimada por mi deseo profundo. Como en una vieja película de Buñuel, yo me estaba convirtiendo en mi oscuro objeto del deseo. Era un cuerpo enfocando solo su mirada en un punto lejano, casi siete mil metros arriba de su cabeza.

Justo a tres meses de la fecha fijada para el ascenso, consulté al guía sobre la conveniencia de probar mi condición física en cerros de alturas mayores. José me devolvió una firme mirada que puso término final a mis inquisiciones. Nuestra relación tuvo una primera cita, con los otros tres mosqueteros, alguna reunión posterior, más detallada y profesional, en la que acordamos un plan de preparación y desde allí, escasos y aislados contactos. No me parecía correcto. Pero podía ser que yo estuviera errado. No éramos tipos de montaña, con historial y medallero en el rubro. Mi duda era si el tipo nos estaba probando el carácter.

Esto no era para alumnos de un profesor meloso. En tal caso, lo estaba midiendo con "mi" vara. Con quince años en el lomo como gremialista, cada día de esos años había ido creciendo en un formato personal invasivo de todo y de todos.

Pasé de ser un referente inmediato en mi lugar de trabajo a un faro en el gremio. No era un tema de soberbia o falta de humildad, según quien lo mirara. Aquel joven rebelde, de escasos 24 años, que estiraba la cuerda siempre un poquito más, para el que siempre había unos pasos más por dar, fue ganando espacios y se los fue quedando como propios. Lo miro ahora y pienso que lo sostenía una tremenda energía solidaria, una vocación de servicio casi enfermiza.

Por entonces, esta necesidad mía de intervenir las relaciones era muy notoria. La vocación de servicio podía meterse muy fácilmente en un conflicto de límites con su vecina, la vocación de poder. Ambas se llevan bien mientras respeten el cantero que las separa. Sucede que a "servicio" en algún momento le cansa mirar las flores del cantero, toma conciencia de que ellas la necesitan, que dependen de su asistencia, que cada día se ven mejor por su virtud, que eso la hace sentir muy bien y que hay otros canteros y muchas más flores. Y se hace "poder". Nunca pierde el encanto con su primer cantero, pero las fragancias de muchos canteros son más encantadoras.

En fin, me costaba aceptar espacios de otros, dudar de mi postura, dejar pasar alguna... Así era. Y así lo calibraba a José, mi guía de montaña. Sería mi líder y yo tenía un manual no escrito de liderazgo en mi cuerpo, hecho a vivencia pura. Cada gesto, cada palabra que emitía, lo pasaba por este manual. Evidentemente, tenía otra escuela.

Claro, hay tipos para todo. Yo dejaba la puerta entreabierta a la duda sobre si era necesario un determinado carácter de líder en condiciones ásperas como las que se vivirían allá. Pero solo entreabierta. Ya era una concesión.

Pensaba que así como preparamos el físico para la expedición, viniendo de vidas más o menos sedentarias, habría que darle alguna dedicación importante a la parte mental e, incluso, a la emocional. Mil batallas en el gremio me permitirían reconocer un arsenal de comportamientos en condiciones exigentes. Aun así, no lograba imaginar cuán duras y demandantes serían las cosas cara a cara con la naturaleza más lejana a la nuestra. No dudaba de mi capacidad para soportar adversidades, pero tenía grandes enigmas sobre la convivencia con guías, asistentes, baqueanos y otros compañeros de expedición, contratantes como yo, y más o menos locos que yo.

Tenía algunas referencias de Gerardo, el proveedor de equipos, sobre los modos nada diplomáticos de algunos guías. Recuerdo que hablamos el tema de los liderazgos, que me contó experiencias propias y ajenas y que yo le pregunté si no era habitual compartir algunas reuniones, conocerse un poco, antes de subir.

Un cliente de su comercio, circunstancialmente allí, escuchaba mi discurso y me dejó su sentencia:

—No… ese es el lado comercial de la aventura. Es como pagar un ticket para subirse al tren fantasma. Pase lo que pase, te traen de nuevo a la boletería. Muerto de risa, de frío, mudo del susto o muerto, a secas. Pero su trabajo es guiarte hasta donde ellos crean que te da el cuero. El paseo se termina cuando ellos dicen. No les importa que se hagan amigos, que se lleven bien o muy bien. La pelota es de ellos y el partido se juega o se termina según lo que ellos decidan.

—La puta, mirá vos —fue mi respuesta ante tanta crudeza.

*

Un líder es quien sintetiza una visión compartida por muchos. Lo que para esos muchos es un lugar ideal de encuentro, el líder se los representa con palabras y gestos accesibles y concretos. Ve la idea en el fenómeno bruto, la expone y se encamina hacia ella con determinación, movilizado por su creencia y por el compromiso que toma. Su fe contagia a través de una comunicación ágil, multicanal, pero a la vez directa y precisa. Fascina, enamora con su ejemplo. En su validación original hay proyecciones de un complejo virtuoso, donde se funden coraje, enfoque, honestidad, flexibilidad, solidaridad, emotividad, conciencia temporal, épica y, por sobre todo eso, presencia anímica. Tomar decisiones es un riesgo. No tomarlas también lo es. Un líder se define por el nivel de riesgo que está dispuesto a tomar, no siempre en total conciencia de lo que está haciendo.

El camino a ser líder está sembrado por el liderazgo personal. No hay líder sin seguridad de sí mismo. Después, irá apareciendo el camino y a él se irán sumando los que vayan a la misma misa. Ese camino lleva a concretar la visión personal, lo que cada uno visualiza con el corazón.

Cuando la visión todavía no es visión, cuando aún tiene una imagen borrosa, que no se sabe qué significa o qué pretende ser, un golpe de fe decide las cosas. Creer, la fe, hace que ese boceto se convierta en matriz. Es el empujón para cambiar de estado, para pasar de lo insustancial a lo real. Y más que eso: el envión alcanza para dar los primeros pasos; hay una energía implícita en la decisión, que excita ese instante. Aparece allí una fuerza que se lleva todo por delante.

*

En los últimos días de mi preparación se presentaron las fiestas de fin de año. Las recibí con una especie de amarga cortesía. No había fiesta más importante que la que yo estaba preparando.

A esa altura, mantenía el hábito de subir el mismo cerro Arco día por medio, a distintas horas y mutando las rutas. Cuidado en las comidas, recato en las bebidas y mucho descanso. Me estaba queriendo mucho, demasiado para mis antecedentes. ¿Si me costaba esa rutina? Para nada. Estaba subordinado, sanamente poseído por mis intenciones.

Cuando el reloj marcó la medianoche, brindé con jugo e inmediatamente me retiré a dormir. Solo faltaban horas para afrontar el mayor desafío de toda mi vida. Así lo sentía y así lo transmitía. Quienes me rodeaban se fueron acostumbrando a mi locura. La de antes. Esta era una estación más que, de tanta dedicación y enfoque, ya los había tomado a ellos también. Si bien no era un tema de charla habitual, formaba parte de la vida de la casa y alrededores. Casi como cuando se tiene un trabajo nuevo y uno anda lleno de esperanza, exultante, contagiando de ánimo al universo.

Era natural para todos ellos que yo hablara como un experto montañés. Supongo que compartían mi entusiasmo. Digo supongo porque nunca lo chequeé. Mi felicidad es la de quienes están conmigo. Y al revés.

… Al revés ¿qué?... ¿qué había del otro lado?

Cuando alguien presta mucha atención a los demás es porque se la está quitando a sí mismo. Porque cree que no la necesita. No es que se sienta superior o completo. No, lejos de eso. No quiere meterse adentro y mirar si falta algo, porque intuye que no le gustará lo que va a revelarse. Es más, ya lo sabe. Hay un poco de cobardía en los caudillos... Un escape hacia adelante y hacia lo que se pare enfrente. Prefiere ocuparse de los otros, amigos o enemigos, porque es más sencillo. Eso lo excita, estimula y, además, le da poder. Poder que enmascara algún vacío interno, al que posterga y hasta olvida. Aunque no se haya presentado evidentemente, sabe que está allí adentro.

Un vacío es algo que falta. Por ejemplo, las referencias que conducen a la misión personal en esta experiencia terrenal. ¿Para qué has venido a la vida? ¿Qué trajiste para darnos? ¿Qué puso el Dios creador en tu sangre? Somos almas ocupando cuerpos. Amor, como energía mayor. Cuando algo o alguien nos separa del plan maestro, lo que vinimos a hacer, entramos en una zona desconocida. Sin mapas, sin conocer dónde estamos, nos invade el miedo. El miedo es la contracara del amor. Hasta que podamos volver a vivir en estado de amor, operaremos desde el miedo. Erráticos, indolentes, combativos, a la defensiva. Atacando, en todo sentido. Invadiendo otros territorios. Buscando nada. Solo ganar tiempo en la vida.

Todos necesitamos, y hasta agradecemos, que alguien se ocupe de nosotros. Aunque nos cueste reconocerlo. Hay quienes lo necesitan más, otros menos. La cuestión es que nadie se ocupa de nadie, generalmente. Todos estamos ocupados en nuestra propia suerte. Y al carajo el resto cuando ya no sirven a nuestros intereses.

*

6. EL CUARTO REY MAGO

Si eres flexible, te mantendrás recto.

Lao Tsé

Dos noches antes de partir, nos juntamos con el comando original: *Pollo, Colorado* y Daniel. Era una despedida múltiple. Hablamos de muchas cosas. Ellos estuvieron acompañando mi preparación hasta el punto que empecé a despegarme de su obligación moral. Los relevé de seguir porque no quería distraer mi foco. Hicieron mucho más de lo que esperaba. Como siempre antes y como sería después.

Yo parecía un centro de mesa. Estaba para que me miren y hablen de mí. Mientras, ellos estaban desatados. Si iba a ser la última cena la disfruté poco, por las estrecheces de mi dieta. Por alguna razón sin razón, estaba intranquilo. No estaba triste ni preocupado, molesto ni nervioso, ansioso ni qué sé yo qué... Estaba raro. La rareza era, precisamente, la sinrazón. Para mí, que quiero saberlo todo, no saber de mí era incómodo.

En un momento de la noche, ya tarde, cansados de hablar boludeces para no "hablar de", fui yo quien se metió en la jaula de los leones hambrientos.

—Bueno, che. Quiero decirles algo que me da vueltas adentro y tiene que salir ahora —me di un silencio, suficiente para elegir las palabras—. Este es un momento muy fuerte para mí. Empezamos este camino juntos y siento que seguimos juntos. Acá no pasó nada. Cuando llegue arriba me voy a abrazar con cada uno de ustedes, porque lo conseguimos. Una más que sacamos adelante...

Respiré, no los miraba. Tenía los ojos clavados en un punto del piso. No sé qué volvió de ese imaginario abrazo. Traté de no dejarme llevar por la emoción, solo soportada por un silencio que pesaba más que el aire y el humo y estaba tratando de contenernos a todos, cada uno en su espacio. Después de escuchar un resoplido, creo que del *Colo*, seguí...

—Siempre fuimos uno solo. Ahora, también. Los llevo en mi corazón y acá...

Revolví en la billetera y saqué una foto de los 4, cuando empezamos a entrenar, en el parque. Raramente, estábamos solo nosotros en la foto. Les dije que dejaría esa foto allá, lo más alto que pudiera estar, más alta que la de los andinistas más grandes, sobre ellos, lo más cerca de Dios.

La "s" de Dios se quedó enroscada entre mis labios, que se apretaron para que no se me saliera el corazón. Ni me di cuenta y ya estábamos los 4 pelotudos abrazados y llorando.

Antes de irme, les pedí que nos tomáramos una foto, para reemplazar a la que se quedaría cerca de Dios. ¿Quién la sacaría? Fuimos afuera a esperar que pase alguien por la calle, y prácticamente lo encerramos para que aceptara dejar ese recuerdo en un papel, como si los ojos de cada uno no hubieran tomado registros, inolvidables, de mil fotos esa noche.

—Es por si no vuelvo —les dije.

Me reputearon a coro.

*

El día anterior a mi partida fue interminable. No tanto por mi ansiedad, sino por la cantidad de gente que me llamó o vino a despedirme. En realidad, no tuve mucho tiempo para estar ansioso.

Amigos, parientes, vecinos, desfilaron por mis ojos y orejas. No tenía cómo comparar la sensación porque nunca antes me había pasado algo parecido. Cuando uno se va de viaje de vacaciones, por ejemplo, la gente te despide con sonrisas y augurios de "pasala bien", "que lo disfrutes", "que tengas buen viaje", etcéteras. Esta vez, no fue así.

Noté que no sabían qué decirme. Observé miradas vagas, incómodas, huidizas. Podría decir que eran miradas obvias en ese contexto de desconocimiento de lo que me esperaba. Aunque creo que lo obvio no existe, en ese momento no pude desentrañar algún significado en ese concierto de miradas. Ni yo ni ellos sabíamos qué era subir al Aconcagua y lo que alguna vez fue un comentario pretendidamente gracioso o especulativo, ahora se diluía en los minutos que corrían, apurados, hacia el momento en que no habría más palabras.

Inés, mi esposa, y mi hijita, estaban a un metro del piso. El alboroto las llevaba puestas a las dos. Vi en los gestos de ambas nerviosismo y algo más. ¿Algo más? Ese bendito sexto sentido…

En un momento se calmaron un poco las aguas. Yo las calmé para irme a dormir, o intentarlo al menos. Mi equipo ya estaba listo desde la mañana. Una mochila prolijamente armada, pesada. Tenía curiosidad por saber cuánto duraría así. No apostaría. Estaba en esas cavilaciones cuando sentí un pequeño ruido detrás de mí. Mi madre estaba ahí, paradita como una virgen, emanando una paz total, con una de las mejores sonrisas que le había visto en mi vida. Solo interrumpía la armonía un minúsculo brillo en sus ojos. Creí que estaba conteniendo un torrente de miedos.

—Vieja… ¿qué pasó?

—Nada, hijo. Todavía nada —soltó con poca voz.

—¿Y cuándo va a pasar algo? —le dije, remarcando "algo", como toreándola.

—... No, hijo... perdoname... estoy muy nerviosa con esto... no sé cómo serán las cosas y ya sabés que cuando no sabemos algo las madres preferimos pensar mal... —quiso desdramatizar, pero no podía. Estaba hecha un nudo de malestar.

—... ¿Cuántas veces te traje algún problema, no confiás en mí? Vos sabés que me preparé muy bien. Y, además, siempre que me propuse algo lo conseguí. Tenés que estar orgullosa de mí y no temer nada, ¿sí?

—Siempre lo estuve, hijo…

¿Cuánto hacía que no me hablaba así?

La abracé fuerte, apreté mi mejilla en su cabeza, caliente, y sentí su respiración invadiendo la mía. Murmulló algo, con la voz entrecortada, que no entendí ni intenté hacerlo. No quería más emociones que las propias, a horas del comienzo. Solo dejé que sus manos se fundieran en mí. Sentí que estaba aferrando recuerdos. La entendí. Me dejé estar en esa danza única que comparten una madre y un hijo abrazados, tal vez un poco exagerada en la antesala de un viaje.

Hice un ensayo de control de ritmo respiratorio, aprovechando la excitación del momento.

*

Mi madre era una señora bohemia, culta y extrovertida. Pero, en esos años habíamos tenido muchas diferencias. Por eso, era notable cierta distancia entre ambos. Mujer proveniente de una familia muy comprometida políticamente, por elección y por reacción, a distintos tiempos. Esposa de mi padre, un médico con carácter seco y rígido. La recuerdo en sus intentos por tener conmigo gestos afectuosos y chocarse con una pared. Yo era una pared para su cariño.

En ese instante en que el mundo éramos solo nosotros, se cayeron mis prevenciones. Sentí ese abrazo como un reencuentro, con la magia de las cosas que ocurren y no sabemos por qué. Los dedos de mis manos acompañaron tímidamente el momento. En la perspectiva de la vida, siempre hay un abrazo que es único. Por lo que hubo antes y después en nuestras vidas, fue ese. Los dos nos abrazamos fuerte a la vida, más allá de buscarle otras explicaciones, seguramente menores.

Fue una vivencia de emoción pura. La relación entre madre e hijo es una sucesión de emociones comunes e intensas. A veces, eso pasa solo en un minuto. Algo así nos pasó a los dos en ese instante.

*

6 de enero, 6 de la mañana, 6 hombres dentro de una camioneta. Triple 6, como para ponerle a prueba el ánimo a un creyente en el inicio de la travesía.

Para salir del paso, donde mi corazón era un volcán desbocado, apreté mis manos entrelazadas, en señal de rezo no sé a quién. No estaba claro. Alguien hizo un comentario sobre el 6 de enero. A diferencia de otros chicos, mi hija despertaría con el regalo de mi ausencia. La enorme muñeca, que estaría acompañando sus sueños desde sus 5 añitos hasta que ella lo decidiera, no podía reemplazarme así nomás.

El ambiente dentro de la camioneta no era festivo. Más bien, lo contrario. Mucha mirada a la nada, manos inquietas, cuerpos tensos. El comentario sobre el 6 de enero rompió el ruidoso silencio. Alguien preguntó si los reyes entendían que un borceguí es un zapato también, porque no habían dejado nada en su casa. Se me ocurrió decir que yo estaba siendo mi propio Rey Mago, porque me estaba regalando este viaje. El tipo de al lado me miró como si hubiera dicho algo de profunda sabiduría. Por suerte, le duró 3 segundos. Ya lo estaba midiendo.

Me metí de nuevo en mis pensamientos. ¿Qué rey me hubiera gustado ser? El primero que se me cruzó fue el rey León, por su cabellera. Enseguida, me corregí: Fernando, eso es una pelotudez.

Estamos hablando de REYES MAGOS. Bueno, sería el cuarto, Artabán. Nunca vi una foto de él, pero era un tipo con los objetivos claros. Cuenta la leyenda que perdió el rastro de la estrella de Belén, y con ella a sus compañeros de aventura. Pero fue y fue, incansable y obstinado, hasta encontrarse con Jesús el día de su crucifixión. Rescataba la historia y no su final, claro.

Una sucesión de imágenes pasó por mi mente mientras la camioneta recorría los kilómetros desde mi casa hasta la que sería mi posada. Muchas imágenes, que volteaban incesantemente, desfilaban desordenadas. Mi memoria elefantiásica recorrió en minutos momentos de preparación de casi un año. Y más. Muchos años más.

Se atropellaban para mostrarse muy diversos registros míos, del *Flaco* Ayala, desde un desgarbado estudiante, el pibe del barrio, el musiquero principiante, el bancario, el gremialista, el amigo, el trepador de cerros, el maratonista de un maratón, el padre, el esposo, el retador del Aconcagua. También pasaron las caras de mi familia, parientes, vecinos, compañeros y tantos amigos locos y atorrantes de la vida. Esa vida que se ponía a prueba, que se desafiaba, con la misma seguridad de otras tantas batallas. Que ya se estaba desafiando desde 11 meses atrás, veteada de esfuerzos, privaciones y soledades.

*

SEGUNDA PARTE

7. APOSTOLADOS

Atesoro lo humano cuando tiendo las manos a favor del encuentro... Por la cosa más pura con la cual me alimento, por mi pan de ternura, con las alas del alma, desplegadas al viento.

Eladia Blásquez

El cerro Aconcagua es el más alto de América. Entre su cumbre y sus faldeos se tejen las más hermosas leyendas de la tierra mendocina. Y algunas historias grises y negras. Se yergue, majestuoso, a 180 kilómetros al oeste de la ciudad de Mendoza. Cuentan los antiguos que al pie del Aconcagua vivían los gigantes, unos seres mitológicos que habitaban estas zonas de tierras desoladas y de sed moribundas. La semilla que en la tierra caía no tenía humedad para poder fructificar. El Alto Padre —que es el cerro— vigilaba todo atisbo de vida que a sus pies se movía, mientras el viento soplaba con fuerza singular haciendo polvo la tierra sometida, quebrada por la sed, los soles infernales y el penar de los gigantes. Un día, a espaldas del Padre Cerro, el pueblo se conjuró y decidió romper la costra de las fuentes que, seguramente, corrían en el interior del cerro. Era la única manera de conseguir que la vida continuara. En silente fila india, subieron las abruptas laderas y socavaron presurosos las lajas que adornaban las fuentes cristalinas. Las aguas surgieron, voluptuosas, por entre las piedras, y corrieron venturosas a regar la tierra que solo esperaba eso: agua. Hacia el brillo del sol, despertó el Centinela y vio los hilos de plata que se unían en un río. Enfureció y sus músculos temblaron en una horrenda sinfonía de sonidos. La montaña reventó y barrió con piedras, barro y agua los sembradíos que, presurosos, habían germinado. El tiempo, que todo lo cura, que todo lo resuelve, hizo que se encauzara la corriente y las tierras de los gigantes volvieran a tener sus verdores. Pero, de vez en cuando, el Aconcagua reitera su venganza enviando hacia el llano una furibunda arremetida que arrasa con todo lo que encuentre a su paso. No valen ni rogativas ni alabanzas, a menudo se pierden las cosechas y las vidas. El Padre Cerro es dueño de las tierras. Los gigantes quisieron ir contra sus designios y perdieron. El quejido de la montaña es la prueba más contundente de la supremacía de la naturaleza sobre la voluntad del hombre.

*

Uruguayos, brasileños, santafesinos, porteños y mendocinos conformamos finalmente el grupo de doce, que ensayó distintas formas para entrar en relación amistosa. Compartiríamos una experiencia común, pero no era igual para todos. Para algunos, esta sería una novedad absoluta, para otros una revancha y, para los menos, una excentricidad que habilitaba su dinero. Imaginaba un ascenso con la suficiente complejidad como para detenerme en las cuestiones humanas más superfluas. Ya me habían dicho, varios, en las charlas previas, que los grupos armados así, al voleo, no tienen vida propia. Cada uno hace "la suya", hasta donde pueda o quiera, y poco interesa con quienes le ha tocado pasar esa circunstancia.

En eso pensaba mientras la camioneta nos acercaba a destino. Mil veces había visto esas montañas, esas figuras, ahora menos lejanas. Animado por un espíritu localista, tomé una primera afinidad con otro mendocino, el único del grupo. Un ingeniero de unos 40 años, poco sociable. Eso me sedujo. No tenía ganas de perderme en comentarios que me sacaran de lo que estaba siendo la concreción de un largo viaje de ida.

Intentó bromear con que éramos 12, como los apóstoles.

—¿De quién somos los apóstoles? —le seguí la corriente.

—Jesús es el José —me dijo, y sonreímos ambos.

—¿O el Aconcagua? —disentí.

No me cerraba la idea de entronizar a José como el líder. Ni siquiera en este comentario burlón, aun sabiendo que en la ironía siempre hay una aceptación forzada de una situación. No tenía motivos especiales para no reconocerle su autoridad, como tampoco tenía razones para sí hacerlo. Solo que era el jefe, el dueño del negocio que nos permitía estar ahí. Pero yo sentía que mi negocio no era con ellos sino con el Aconcagua. Ni yo me consideraba. Mi líder era el Padre Cerro. Altivo y desafiante.

Tuve tiempo de pensar en nada. En eso estaba cuando una mirada casual me devolvió la bravura de lo inmenso. La Hostería de Puente de Inca fue la avanzada civilizadora sobre mis devaneos salvajes. Nuestras ansiedades volvieron a despotricar por el peso de los equipos que cargamos hasta las habitaciones. Allí nos recibió el guía, José.

Su primera indicación fue que tomáramos aquella tarde libre, ya que el ascenso comenzaba a primera hora de la mañana siguiente. Opté por adentrarme en los misterios del Puente del Inca, siguiendo las huellas de sedimento que acanalan sus aguas termales. Anduve bastante tiempo solo, imaginando lo que vendría. O tratando de hacerlo. Para eso, evité pensamientos hacia los meses anteriores, las ausencias, los afectos y lo que pasaba varios cientos de metros hacia abajo.

Me metí en las ruinas. Debajo del puente había unas pequeñas piletas de agua termal; me saqué la ropa y me sumergí en una de ellas, cerrando los ojos y tratando de tranquilizar mi mente invadida por tantas imágenes desordenadas.

Los escasos restos de claridad coincidieron con el fin del esparcimiento y con la apertura de una cena para doce. Deseé que no fuera la última. No hubo vino y eso me tranquilizó... Soy de los que cree que de la vida hay que despedirse en una cena con vino. Si no hay vino, no hay despedida. La charla fue ligera y solo avanzó en un mayor conocimiento mutuo. Nada importante. Cuando la sobremesa se abrió yo preferí interrumpirla para cumplir con mi disciplina de descanso. Fui el primero en ocupar las frazadas de la habitación colectiva, que luego se fue poblando de palabras y humo. No logré conciliar el sueño propio por los ruidos ajenos. Me enrosqué en una larga alocución interna por la defensa de mi derecho al descanso. Terminé mis conclusiones, mal y tarde, con la derrota de una noche mucho más breve de lo planeado.

*

Aquella mañana despertamos muy de madrugada. Nos dirigimos hasta el puesto del Parque Nacional Aconcagua. Allí abonamos un arancel y cumplimentamos el papelerío por el cual asumimos a nuestra cuenta la factura que podría devengarnos el destino. Luego de depositar el peso mayor de nuestros equipos en los lomos de las mulas, cargamos con lo indispensable para afrontar los primeros 40 kilómetros de caminata hasta Plaza de Mulas, a los pies del coloso.

Cuando digo lo indispensable, hay que entender que eso no significa "pocas cosas". A modo de repaso, recuerdo haber llevado tres pieles o capas: una pegada al cuerpo e inamovible durante toda la expedición, la segunda, al igual que la primera, es de polipropileno, algo más abrigada y no ajustada a la piel; la tercera es una campera polar, y la cuarta, una campera de pluma de ganso. Encima de todo esto, un rompe viento de Gore-Tex (marca registrada) que permite al tejido respirar pero lo hace impermeable a la lluvia, o sea, el líquido pasa en un solo sentido, de adentro para afuera. La campera de pluma de ganso es la única negociable como vestimenta no permanente (salvo cuando se ingresa a alturas próximas a la cumbre, cuando se alcanza el máximo frío). En los miembros inferiores, una primera capa similar a la del pecho, también pegada al cuerpo, dos más encima y finalmente un pantalón cortaviento de Gore-Tex.

En la montaña puede pasar de hacer mucho calor a mucho frío en horas (30 grados de amplitud térmica no son raros y pueden darse 40) por lo que hay que hacerse a la idea de andar sacándose y poniéndose ropa varias veces.

Los pies requerían medias gruesas, muy abrigadas. Se usaban medias con alto porcentaje de lana y el resto de material sintético. La lana y la pluma de ganso eran los únicos materiales naturales en uso en la indumentaria de montaña. En el comienzo del ascenso utilicé unas botas de trekking. Más adelante las cambié por las botas dobles, consistente en una parte interior, de tela gruesa, que esencialmente proveía aislación térmica pero con escasa resistencia mecánica, y la carcaza plástica que la protegía y aislaba del agua y la nieve. En total, un par de botas de este tipo pesaba casi cinco kilos. Una tortura caminar con eso…

En la cabeza había que contar el pasamontañas de seda para los días de calor, de polipropileno para los días fríos, y sombrero alado y con respiración para protección solar. También, lentes UV para montaña, para evitar el daño que el reflejo de la nieve hacía en los ojos. Para las manos, guantes finos, mitones (guantes muy gruesos que tenían solo definido el dedo pulgar) y cubremitones (guantes finos, de Gore-Tex, que protegerían a los mitones de la nieve).

La mochila, que contenía la bolsa de dormir de pluma de ganso, una colchoneta, los grampones (unas bases de metal para las botas, con 12 puntas que permitían caminar sobre hielo o terrenos desparejos con total seguridad), los bastones regulables en tres tramos, la linterna de cabeza para los días que se arrancaba de madrugada, los accesorios para hidratación (sean botellas o "camellos" de espalda) y la botella para orinar.

Además, plato, cubiertos y una jarra térmica (para té, sopa, etc.).

Primer Campamento, Confluencia (3.350 msnm)

El guía marcó el paso de nuestro ropaje de estreno hacia un largo trayecto, que puso a prueba los pregones de sus fabricantes. Empezaron a tomar calor mis músculos y concentré energías, según lo aprendido en mi preparación física y mental. No estuve atento a la contemplación del entorno, salvo para tomar referencia del avance. Escuchaba, vagamente, algunos comentarios de los otros. Empecé a reconocer las sensaciones con que la altura pone a prueba los pulmones. Una verdadera máquina devoradora de oxígeno. En ese trance estaba cuando no logré contener el aire que nos arrancó una carcajada:

—Si sobrevivimos, muchachos, los invito a una noche en Sodoma —apostó un compañero porteño, dueño del cabaret con ese nombre.

Observamos un collage multicolor, a la sazón un gran número de carpas que interrumpía el sendero. El guía levantó su mano para indicarnos que estábamos en nuestro primer destino. Habíamos dejado atrás ocho horas, solo interrumpidas con periódicos y breves descansos para hidratarnos y probar pequeños bocados. Nos dividimos en cuatro grupos de 3 con motivo de cooperar fuerzas para levantar nuestros aposentos y hacer noche allí. Con asombrosa armonía, terminamos nuestras tareas en el momento que el guía destapó la olla de un guiso sustancioso.

Plaza Francia (4.100 msnm)

Al otro día nos desviamos bastante de la ruta normal para realizar el primer ejercicio de altura. Fue una experiencia brava. Nos dirigimos hacia la pared Sur del gigante, un desafío para nuestra concentración, no solo por descuidos propios sino también por eventuales caprichos de la naturaleza. Atendiendo a los sabios consejos de Gerardo, el vendedor de indumentaria, me reservé el último lugar de la marcha. Es una manera de evitar un ritmo demasiado fuerte en esas pruebas preliminares, reservando así todas las energías posibles para el día del asalto final a la cumbre, en el que hay que tratar de estar en la vanguardia del grupo. Alcanzamos el campamento Plaza Francia. Nuestras pulsaciones aprobaron el proceso de aclimatación a los 4.100 metros. Luego de una corta pausa, retomamos la senda en sentido contrario. Mi cuerpo mostró una pronta recuperación física que me permitió regresar al campamento Confluencia en excelentes condiciones. No era el caso de todos.

Plaza de Mulas (4.200 msnm)

La mañana siguiente, retomamos el ascenso por la ruta normal. Las dificultades geográficas acentuaron los desniveles en la preparación de los distintos compañeros. Algunos se plantaron, abatidos. José, el guía, decidió realizar una pausa para exponer las técnicas del abordaje de ese terreno, cargando una arenga final que sacudió los ánimos timoratos. Serpenteando, seguimos a paso posible. Un rato después, no sé cuánto, mucho o poco no existe ahí arriba, llegamos a Disney... Respiré hondo, con la sorpresa intacta de un niño, incliné mi cuerpo sobre el bastón formando un trípode, y descubrí Plaza de Mulas. Me pareció inverosímil. Miles de hombres y cientos de carpas conformaban una extraña ciudad de tela bamboleante, al ritmo de la danza del viento. Más cerca, todavía embobado, pude escuchar el murmullo babilónico de tantos idiomas pronunciando un mismo deseo de cumbre. Observé cómo la arquitectura urbana se repetía en figuras de concentraciones tribales a 4.200 metros sobre el nivel del mar.

Mis apreciaciones se fueron apagando cuando un cielo naranja encendió la cuenta regresiva de la noche. La organización del lugar nos asignó el espacio previamente reservado. Luego, acampamos en derredor a la empresa del guía. Apenas nos quedaron fuerzas para cenar e inmediatamente retirarnos a un merecido descanso.

Un aprendizaje inesperado

En la charla del desayuno, los guías aconsejaron practicar movimientos pausados ya que cualquier exceso muscular podría arriesgar la continuidad de la aventura. Esa mañana cumplí con las precauciones coordinando con lentitud todos mis movimientos. En primer lugar, me dirigí hasta la zona de muleros, donde recuperé el despacho del bolso tubular. Posteriormente, me sometí a un chequeo general en la Carpa Sanitaria. Los médicos confirmaron que estaba en condiciones de continuar la marcha.

Pasado el mediodía, el guía nos condujo a un ejercicio de prácticas con grampones. La prueba consistía en escalar unos 10 a 20 metros con estos accesorios, para ir acostumbrando al pie y al equilibrio del cuerpo. Todos superamos la prueba del día y regresamos confiados de que nuestra preparación se ajustaba a las exigencias que nos depararían las próximas etapas hasta la cumbre.

Las expediciones de montaña tienen códigos propios, que se van conociendo bajo el formato de vivencias. Son aprendizajes salvajes, gruesos, que no se pueden anticipar en un libro, manual o curso. Hay que pasarlos con el cuerpo, cuando la montaña dispone enseñarlos. Así, habíamos sentido la dureza del terreno en las articulaciones, los ajustes de la respiración en los pulmones y en la lucidez, la versatilidad de los músculos de una noche a la mañana siguiente y la calibración del paso como expresión de la síntesis integral, por recordar solo algunas lecciones. Para ese día, "ella" nos tenía reservada una clase magistral.

Un torbellino de piedras, bastones y palabras entrecortadas y agitadas silenciaron el campamento. Un grupo de voluntarios venía bajando un cuerpo sin vida. En su rostro alcancé a ver rasgos orientales y una sonrisa congelada en una extraña fascinación. Ciertos temores se instalaron aquella noche. Nos defendimos con humor para arrinconar al espanto hasta las carpas. Por suerte, allí se quedó y no insistió en acompañar nuestro sueño.

Este ritual se repitió en dos ocasiones más. Cada vez que bajaban heridos, desde los cientos de carpas agrupadas bajo una particular distribución por expediciones, todos nos acercábamos para saber cómo se encontraban y si hacía falta ayudar en algo...

Plaza Canadá (4.800 msnm)

Cargamos con lo elemental para concretar en esa misma jornada un entrenamiento de ascensión a Plaza Canadá y el posterior descenso nuevamente a Plaza de Mulas. Utilizamos las botas que usaríamos en la ascensión final. Lo que pareció un ejercicio rutinario se tornó luego en un dolor único y puntual. Si bien conquisté el objetivo sin mayores dificultades, la bajada fue un calvario. Me interné en el último lugar, ya no por prudencia de consejos sino por una exaltación de impotencia. Las botas me presionaban las canillas provocándome un fuerte dolor, a tal grado que estuve a punto de quitármelas.

—¡Vamos, vamos! —arengó el guía, subestimando mis dolores.

Finalmente llegué a Plaza de Mulas totalmente exhausto.

Con motivo de brindarnos atención, se presentaron dos nuevos guías asistentes: Andrés y Nicolás, quienes completaron el staff del programa diseñado. La bajada veloz terminó con la voluntad de dos, padre e hijo porteños, vencidos por la extenuación y costumbres nocturnas de una vida a nivel del mar. No sé si vencidos, en realidad. Ellos decían que se habían sorprendido por lo que alcanzaron. Ya teníamos algunos elementos más para saber si el sueño de cada uno podría convertirse en éxito o fracaso unos días después. Pese a los dolores, yo no tenía dudas de estar en las vísperas de mi objetivo.

Medí la libertad de mis actos con la vara del dolor durante cada minuto del último día en Plaza de Mulas. Apelé a la prudencia de una corta caminata perimetral que me devolvió la esperanza en síntomas de recuperación. La jornada de descanso general puso en relieve las diferencias internas del grupo. En nuestro caso, se desplegaron como un atlas genético, desde exagerados y metódicos en un extremo a depresivos derrotistas en el otro, con grises de atletas, temerarios y temerosos. Esta situación no cambió en ningún momento.

*

Inés tomó la práctica de recorrer en el mapa las etapas diarias. Era una manera de acompañarme, a través de un puente de energía. Lo mismo sucedía con mis hermanos de aventura, que esperaban ansiosos alguna novedad.

Daniel estaba partiendo a sus vacaciones, tratando de escaparle al calor del verano mendocino. El *Pollo* y el Colorado andaban haciendo lo mismo, solo con unos días de diferencia. Como Inés, tenían vagas ideas de lo que pasaba arriba. Si no había noticias, todo iba bien. Pero no había comunicación alguna.

En los días que llevaba la ascensión, estuve muy concentrado en mis tareas y poco más que eso. Casi nulos contactos con los otros compañeros de expedición, reducido a los momentos de comidas o descanso de la plena actividad. Incluso, por las noches, en las sobremesas repetí lo que del primer día. Estar lo necesario y retirarme a dormir enseguida para reponer la mayor cantidad de energías.

Sinceramente, me resultaba lejano ese coro de "colegas". Sus quejas, contratiempos, comentarios risueños o no, sus reclamos, sus fotos, su cansancio y sus derrotas no estaban en mi mapa mental. Mis sentidos solo entendían de absorber los esfuerzos, superarlos y manejar la ansiedad. Mis ojos buscaban todo el tiempo el terreno de apoyo para el próximo paso y, a lo sumo, en algún descanso, si podían dar con la bendita cima.

No tengo paisajes en mis retinas. Mis ojos quedaron en algún lugar de la aventura, colgados de la nada. Solo me acompañó mi vista, pero ahorrando miradas. Muchos me han preguntado por las fotos de la maravillosa inmensidad. O por las sensaciones de estar ahí. Respuesta negativa, para ambas cuestiones. Solo paso tras paso, inspiración tras expiración, entubado en mi objetivo.

La determinación era una de mis virtudes. Sigue siéndolo. Tal vez haya tomado otras formas o tiempos. Pasa en la vida que las virtudes no cambian de nombre pero sí de formas. Un tipo respetuoso a los veinte años también lo será a los sesenta, solo que con modos más complejos y completos. Las virtudes se van cargando de los valores, que las acompañan a fluir y ser más efectivas, impactantes. Hay una especie de simbiosis con los años, en la que los valores permiten a las virtudes mostrarse más virtuosas y viceversa. Se resaltan mutuamente.

Nido de Cóndores (5.830 msnm)

Levantamos campamento para cargarlo a nuestras espaldas. Practiqué ejercicios respiratorios para robarle oxígeno a un aire mezquino de humedad. Gracias a una aspirina ayudé a licuar un poco más la sangre y recuperar el ritmo de ascenso. Muy rápido alcanzamos nuevamente Plaza Canadá, donde acordamos una larga pausa de una noche para continuar la travesía la madrugada siguiente. Este tramo marcó el abandono de otros cuatro compañeros.

Antes de salir, me arrodillé frente a mi carpa e hice lo que hacía siempre: le pedí a Dios que intercediera para que volviéramos todos los que habíamos partido de Puente del Inca. No le pedí que nos llevara a la cumbre, solo que regresáramos todos. Y le dejaba bien claro: que volviéramos todos significaba que volviéramos todos con vida.

En el momento de la partida se presentaron los servicios de un porteador, que alivianó peso por pesos. La senda zigzagueante justificó la inversión. El viento despertó con furia, su golpeteo constante empezó a entumecer nuestros cuerpos. Perdimos fuerzas. Un malestar general envolvió al grupo.

El guía vociferó una mayor concentración. Por suerte, con la última quebrada del sendero, alcanzamos el punto denominado Cambio de Pendiente. Negociamos una pausa para la hidratación, aun asumiendo el costo del enfriamiento. Pretendimos allí levantar el ánimo con medicinas, pero se nos aconsejó abstenernos para no atenuar los síntomas que podrían indicar claras condiciones de evacuación. Sucede que a esas alturas las urgencias apagan vidas. Un chequeo superficial, sustentado en la experiencia de los guías, nos dio el visto bueno para continuar senda arriba.

Todo era muy parco. Evitamos derramar hasta las pequeñas energías que se escapaban con alguna palabra. "Las señas cotizan en bolsa", dijo uno muy creativo. El alivio de una ruta menos exigente nos renovó el valor para retomar un ritmo de marcha estable. Tan pronto como alcanzamos el campamento Nido de Cóndores repentinas náuseas y arcadas invadieron al grupo. Se nos recompensó con una novedad que mereció la envidia de cualquier redactor publicitario. Dada la extrema altura y el ángulo de pendiente alcanzado pudimos activar nuestros celulares y establecer las comunicaciones tan esperadas. No perdí tiempo en dudas y marqué rápidamente el número de casa:

—... me falta muy poco, estoy bien. ¡Les prometo que no voy a cometer ninguna tontería! —me apuré a tranquilizar a mi esposa Inés y a mi hija Nahir.

Palabras de oro frente al silencio de antes y después.

*

8. CON EL CIELO ENTRE CEJA Y CEJA

La cima es la mitad del camino.

Ed Visteurs

El asalto final arrancó a las 4 de la mañana. Más que el frío de la cerrada noche, luchaba contra las arcadas que nunca se definieron en vómitos. Apenas retuve el descanso en un puñado de minutos, siempre mezquinos. Consulté al guía sobre las consecuencias de una noche farragosa y él me manifestó, a modo de vano consuelo, que transitaba un estado similar.

Demoré la partida por un percance con la vestimenta. Mis guantes no ajustaban correctamente, por lo cual mis manos podrían quedar expuestas al frío. El resto de la expedición echó a andar los primeros pasos de la última jornada de ascenso. El guía se ofuscó bastante por mi retraso y decidió descartar la primera piel de la serie de tres guantes que cubrían mis extremidades. Por el tiempo perdido, penalicé con el último puesto de la caravana.

Berlín (5.850 msnm)

Avancé despacio. Regulaba, en una seguidilla de lentos pasos que alterné con sucesivas pausas para cambiar el aire. Detrás de mí, Andrés cerraba la formación de un grupo bastante disgregado. Su voz me llegaba clara y contundente, recordando que debíamos apurar el ritmo para cumplir con los tiempos acordados. Yo no iba rápido, pero me entusiasmó mi consistencia cuando alcancé al grupo de vanguardia. La alegría duró lo que una burbuja en el viento: los alcancé porque estaban detenidos, descansando, ya cerca del refugio Berlín.

En Berlín existen tres refugios de madera de estilo alpino. Uno de los tres perdió el techo hace años por los fuertes vientos, pero los otros dos aún cumplen su función protectora. Al llegar, notamos que estaban ocupados por un grupo de franceses.

Independencia (6.250 msnm)

El estado general era preocupante. Comparé la disposición de mis energías con los otros y pude evaluar un aceptable rendimiento a estas alturas. Algunos manifestaron serios interrogantes sobre su continuidad, que decidieron resolver en el esfuerzo del siguiente tramo. Yo me encontraba en condiciones de continuar. Solo me preocupaba mi retraso, porque cuando lograba alcanzar al grupo en una pausa éste partía nuevamente. Es decir, nunca podía compensar el promedio de descanso general.

En la cuesta hacia Independencia se me vino el mundo abajo. Una terrible pendiente que alcanzaba casi los 50 grados en algunos tramos, en ascenso, sumaba la complejidad de la nieve virgen que hacía hundir nuestras botas con grampones.

El esfuerzo físico no me afectaba; es más, hasta ese momento me sentía muy fuerte. El problema eran el dolor de cabeza y las náuseas. Comencé a sentir una fuerte punzada en la nuca, acompañada de mareos. Siguió una leve taquicardia. La nieve parecía ablandarse a cada paso. Alguien venía alentando para que nadie aflojara. Nunca sabré quién fue, pero lo agradecí con lo que me quedaba de corazón.

Finalmente, por el filo Noroeste ganamos el refugio Independencia. Estaba mal, sentía que estaba perdiendo ritmo y que ya no recuperaba batería como antes. Llegando a la base de la gran canaleta, Andrés me gritó:

—¡Volvete, estás muy cansado! Se terminó, Fernandooooo...

Esa "ooooo" final fue como una sirena disparándose en mis oídos.

*

No es para cualquiera el trabajo de los guías. En esas circunstancias extremas, son imprecisos los límites entre el deber y el poder. O el servicio y la responsabilidad. O la inconsciencia y la experiencia. ¿Qué hace el tipo cuándo un cliente no acepta lo que ha decidido? Generalmente, no se trata de una decisión caprichosa, porque especula con lo que sabe. Hay una observación atenta, evaluaciones varias, pruebas. Hay sugerencias, tanteos conscientes, preparando las condiciones mentales y emocionales para poner fin a batallas sobrehumanas.

Ellos saben que manejan pólvora humana, inofensiva en una mesa y muy jodida cuando se calienta la sangre. Habrán visto tarados de todos colores e idiomas. Alguna vez, también, han visto hombres superiores en la escala. Y otros que se vuelven muy inferiores cuando pierden el eje sobre el que están parados. Ahí está la peor cara del negocio.

Ellos acompañan la audacia de sus clientes porque son los más audaces. Antes de ese día, conocieron lo que significa la palabra osadía en cada uno de sus huesos. Tienen una montaña de información sobre sus lomos, literalmente, que se hace gestos o indicaciones en un lugar donde no es seguro que se apliquen certeramente. Pueden gritar o trompear, con el mismo efecto que si quisieran parar el viento con modos gruesos. La única diferencia es que el viento pasa y se va, arrastrando al anonimato lo que se ha vivido. Pero cuando Andrés quiso abortar mi aventura no reconocí autoridad. Ahí estábamos, él, yo, su historia y la mía.

¿Quién era él para impedir que llegara a la cima?, lo desafié sin que se enterara. Y volví a poner al cielo entre ceja y ceja.

*

Portezuelo del Viento

A los pocos metros de reiniciada la caminata, otros tres compañeros de la expedición decidieron abandonar, desplomados de cansancio. El guía principal, José, los condujo de regreso hasta encontrar un campamento donde amansar sus frustraciones. El resto del equipo se aprestó a asaltar el último tramo. Me produjo una sensación de amarga impotencia, otra vez, alcanzarlos cuando estaban retomando su marcha.

Amarrado a mis fuerzas repetí el ritmo que Andrés me reportó como muy lento. Me paré sobre los bastones para tomar distancia y evitar el ruido de su voz. Era un ruido, porque no escuchaba esas palabras.

La pendiente me exigía una apuesta superior, que consumió mis energías hasta quedar exhausto ante el Portezuelo del Viento.

La Canaleta

A 6.600 metros de altura, La Canaleta es una pendiente de casi 400 metros, empinadísima, que para esa época del año suele tener nieve blanda y dura, planchones de hielo y algunas zonas de terreno con piedras sueltas. Es el lugar mítico del Aconcagua, donde el reto del abandono juega sus últimas cartas. Quien la supera va por la gloria. Es un lugar temido y respetado.

El camino sugerido es por el acarreo, una acumulación de arena y piedras pequeñas. Se pasa de una huella más o menos compacta a intentar caminar por la inestable morena, sobre rocas sueltas y desiguales que dificultan el agarre y el equilibrio. Tiene una a favor: el reparo del viento. Es una caricia antes de entregarse al Filo del Guanaco, base de la cumbre.

Me costaba mucho respirar. Hacerles entender a mis pulmones que lo que ingresaba en cada fuerte bocanada era oxígeno. Me concentré en mis fuerzas para sostenerme en esta historia. Mientras nos hidratábamos pudimos ver a unos tipos que bajaban de La Canaleta sin haber podido superarla. Habían encontrado su límite allí.

El malestar crecía como la impaciencia de mi guía, Andrés. Se alimentaban mutuamente de mi pobre condición física. Mi mente no me dejaría apoyar las rodillas. No estaba solo. Éramos 4 en 1. Los 3 que se quedaron abajo y yo, encarnándolos.

Tomamos la senda Sudoeste que me permitió imaginar el resto del trayecto hasta la cumbre. Me calcé los grampones para incursionar luego en La Canaleta. Andrés no encontraba modos de quebrar tanta obstinación, hasta que recurrió a la fría lógica de los tiempos. Estableció una próxima referencia, el final de La Canaleta, y una estimación en 15 minutos para alcanzarla. En caso de lograrlo, recién entonces estaría en condiciones de intentar la escalada final.

Aceleré mis pasos, forcé el ritmo de marcha, reduje las pausas, clavé con más fuerza los bastones y pude despegarme del guía. Finalmente, superé la temida pendiente en apenas unos pocos minutos más de los fijados por él. Había dejado atrás la maldita Canaleta. La cima estaba ahí nomás, nada me detendría hasta alcanzarla, faltaban apenas ciento cincuenta metros. De repente escuché el silbato.

—Se acabó Fernando, nos volvemos ya —dijo Andrés.

—¡Estás loco! Yo sigo, si cumplí con lo que me pediste —grité al viento.

Mis palabras tenían 11 meses atrás. Traté de conectar los circuitos necesarios para mantener el equilibrio, mientras brotaba un descontrol emocional.

—¡No lo hiciste en el tiempo que habíamos quedado! —me gritó Andrés.

En realidad, era imposible llegar en ese tiempo. Yo estaba muy débil, pero para resistirme todavía tenía fuerzas de sobra.

—... Fernando, yo sé que tenés máquina para ir y venir, pero tu ritmo es muy lento. Te vas a reventar y no vamos a tener tiempo para volver, por la hora y porque se está armando una gran tormenta —quiso domarme Andrés.

Todos los años mueren algunas personas en Aconcagua, esto es inevitable: una cuerda rota, un edema pulmonar o cerebral, son moneda más o menos corriente. O alguno que quiere sacar una foto parado sobre una roca y se cae. Como matarse en la bañera, más o menos.

Le supliqué que me permitiera continuar, pero él se negaba a apoyarme. Recurrí al orden de jerarquías, intimándolo de mala manera a una consulta con el guía principal. Las radios se encontraron en una frecuencia y escuché a dos marcianos hablando en su idioma. No sé de qué hablaron, pero el resultado fue una rotunda negativa a continuar.

José me bajó el pulgar. Andrés había aflojado un poco, pero no quiso asumir solo la decisión. Cuando pedí por el jefe, pensando que el cliente siempre tiene razón, me topé con la razón del jefe. Terminando la comunicación y mi ascenso. Punto.

Como si hubiera respondido a un guión de película de terror, en ese instante el viento atropelló cualquier reacción. Tremenda ráfaga se llevó mi primer impulso. Me mantuve en pie con esfuerzo, debilitado por el estado de abandono anímico en que estaba entrando.

Recuperando fuerzas, esbocé una defensa tardía:

—¡No podés hacerme esto...! —le grité, enfurecido, a Andrés.

—La temperatura bajó de 20 a 30 grados bajo cero si seguimos nos vamos a morir congelados, ¡bajemos ya! —me respondió.

—Mirá la gente allá en la cima, no deben quedar más de 100 metros estamos a un paso ¡dejame llegaaaaarrrr! —supliqué, inútilmente.

Solté los bastones y me dejé caer al lado de una pirca. A medio metro, yacía el cuerpo sin vida de otro andinista al que días atrás devoró el frío de la montaña. Lo miré, mientras continuaba una discusión estéril.

En todo caso, el muerto no jugaba para mi lado. Andrés usó ese ejemplo cuando yo estaba pensando justo en eso. Me habló de las voluntades que quieren obviar la razón y algunas pelotudeces más...

—Ese se murió por querer hacer lo mismo que vos... —intentó hacerme entender, mientras yo dirigía mi mirada al cuerpo inerte. Me estiré, le toqué el rostro, era como tocar una piedra con rasgos humanos, una imagen dantesca...

—¡Se acabó Fernando, bajamos ya! —escuché una voz lejana...

El desconsuelo me recorrió el cuerpo.

Mis frustraciones me quemaron los labios, fluyendo en bocanadas de insultos. A todos. El escenario era dramático. Yo puteando y maquinando algo, perdiendo referencias que había conservado en los días anteriores. Andrés, parado a distancia prudencial, pensando tal vez que podía tomarlo como objeto de mi crisis y cobrársela a él. La Naturaleza hizo un silencio de escasos segundos que retumbó fuerte en mi alma, quizás respetuosa del esfuerzo malogrado. En el instante siguiente, una enorme nube negra ascendía enmarañada con viento blanco. No había más tiempo. La amenaza de una descomunal tormenta, formada debajo nuestro, ejerció su poder resolviendo rápidamente la discusión en favor del regreso.

Era un volcán por dentro, pero las garras de la tormenta tirando mandobles a su paso me decidieron a dejar de pensar nada que no fuera cómo escapar. Sin embargo, a los pocos metros, extrañamente, comencé con un profundo malestar. Me desmoroné, caí de rodillas y comencé a llorar desconsoladamente.

La desolación invadió cada rincón de mi cuerpo y sentí que las fuerzas me abandonaban. Estaba quebrado anímicamente. Sentí dolor y vacío bien adentro, imposibles de imaginar antes de ese momento. Un grito profundo, de las vísceras, siguió a mi llanto. Me sentía totalmente derrotado, devastado, lejos de cualquier razón.

En un escenario con visibilidad prácticamente nula, percibí a mi izquierda dos siluetas acercándose a nosotros; eran dos alemanes, que intercambiaron breves palabras en inglés con Andrés. Uno de ellos se acercó a mí y sacó de entre sus ropas un pequeño estuche. Alcancé a distinguir una jeringa en su mano derecha un instante antes que me la clavara en mi nalga izquierda, atravesando ropa y sentimientos. Al mismo tiempo, me metía una pastilla efervescente en la boca. En escasos segundos experimenté una leve mejoría. Ayudaron a incorporarme y siguieron raudamente su descenso, dejándonos al guía y a mí tratando de retomar el nuestro.

Me hizo efecto, recibí como una recarga de energía. En un momento, me di cuenta de que no sentía los dedos. Torpe y sin manejo de mis dedos no podía mantenerme muy calmo.

—¿Cuánto hace que no sentís los dedos? —me preguntó Andrés.

—Desde Berlín —le dije, sin mirar otra cosa que mis dedos.

—¿Y por qué no me lo dijiste antes? —Andrés intuía que cualquier respuesta sería estúpida.

—Porque sabía que me iban a mandar de vuelta.

—¿Pero qué mierda te creés que sos? ¿Inmortal?... mirá si perdés los dedos ahora, esto no es un juego, Fernando!... —gritaba y gritaba…

La visibilidad pasó en poco tiempo de muy mala a nula. La temperatura empezó a bajar vertiginosamente, llegando en pocos minutos a los 30 grados bajo cero. Yo bajaba golpeando una y otra vez sobre el cuerpo del guía, que me esperaba por tramos de a dos o tres metros. Mi cuerpo estaba fuera de control, porque mi cabeza estaba "colgada" unos metros más arriba y mi corazón, destrozado, no podía atender todos los frentes.

Andrés se hizo cargo de mi mochila, para que sirviese de paragolpes a la torpeza de mis movimientos.

Continuamos otro tramo hasta un nuevo descanso. En aquel lugar había nieve muy dura. Él quiso que volviéramos a parar porque me vio perdido, pero solo fue posible por apenas unos pocos segundos. La tormenta no nos daba tregua... el viento blanco castigaba sin piedad.

Intenté nuevamente dar unos pasos y volver a llegar hasta él, como lo veníamos haciendo hasta ese momento, pero resbalé. Sentí su manotazo y ahí nos fuimos los dos. Caímos a mucha velocidad por una pendiente congelada. Solo recuerdo mi cuerpo girando a una velocidad impresionante. Me despegaba del piso por unos segundos y luego volvía a golpear contra la ladera del cerro. Sentía mi espalda rozando el suelo y brotándose en ardor. Puntas filosas se incrustaron en mi cuerpo, pero ninguna estaba ahí para detenerme. Sentía el crujido de mis huesos como cuando se quiebran las maderas de cajones baratos. Continué la rotación infinita de cielo, nubes, nieve y piedras hasta que un último golpe frenó la caída de más de 400 metros.

No sabía dónde estaba, si así era el Cielo o el infierno. Deduje que estaba solo. Inmediatamente, el silencio se hizo cargo de mí y de mi circunstancia.

*

Había caído por una pendiente de terreno muy desparejo, bordeando La Canaleta y antes de La Travesía. No era un lugar de tránsito normal, justamente por lo inhumano de hacerlo por allí. Salientes de roca asomando sobre el hielo derretido, nieve más joven absorbiendo en parte la rodada pero sin consistencia para frenarla, hielo duro infranqueable y difícil para negociar alguna escala. Andrés lo tenía tomado del tobillo derecho, de donde pudo agarrarlo en el instante anterior al derrumbe, hasta que en el enésimo rebote lo perdió.

Siguieron cayendo ambos al voleo, desparramando su suerte por la cuesta helada e irregular previa al gran acarreo. La fortuna, o quien la gobierna, quiso que encontraran en su camino un planchón de hielo con una burbuja de aire en su interior. Un violento golpe quebró el hielo y la extraña formación ofreció a esos cuerpos un básico regazo. Allí terminó el vértigo. Un metro arriba de donde quedaron ambos, unas cuantas piedras seguían la ruta hacia abajo, por unos mil quinientos metros más, hasta detenerse en un cambio de pendiente. Si los hombres hubieran acompañado a esas piedras, esta historia no se estaría escribiendo.

Andrés quedó a unos cincuenta metros de Fernando. Casi inconsciente. Con los pies apuntando al cielo y sus rodillas muy cerca de su cabeza. Lentamente, a medida que iba recobrando vitalidad fue registrando su estado de salud. Sin hacer movimientos ampulosos, recordando lo necesario y suficiente que le habían enseñado en la Escuela de Guías de Alta Montaña, chequeó no tener nada roto e intentó recuperar un ritmo de respiración más regular. No mucho más, porque estaba muy aturdido. Espió hacia su izquierda y vio algunas rocas oscuras, enhebradas por hilitos móviles de hielo. Hacia la derecha y hacia abajo de su posición, vio un revoltijo de ropa adoptando una extraña forma. Sin duda era Fernando, pero ¿cómo estaba?

*

Abrí los ojos, observé mi cadera rotada, luego los pies y al final el cielo, en consecuencia me encontraba en una posición inversa; cuando logré deducirlo, en esa fracción de segundo desbocado, busqué despejar la duda sobre si estaba en una fase errática de un sueño o una pesadilla. Maldije estar lo suficientemente consciente para beberme todo el horror. A medida que avanzaba en los chequeos de estado, ensayé varias formas de negarlo, pero fracasé en todos los intentos. Intenté asumirlo, pero triunfó la desesperación. No podía mover la cintura ni el hombro derecho, pero sí la cabeza. Era consciente de muchos lugares de mi cuerpo y de otros, nada. En mi más pagana lucidez, le encargué a Dios por lo que fuera de mí.

La inmensidad que me rodeaba espiaba, no acostumbrada aún, los detalles de lo que sería "esta" vez. Rescaté un ruido cercano por sobre la monótona sinfonía. Instintivamente, giré mi cabeza hacia el ruido, a mi izquierda, y descubrí la silueta de Andrés que se arrastraba hasta mí. Acomodó mi cabeza sin hablar ni mirarme a los ojos. Al retirar sus manos, pude observar manchas rojas que contrastaban en sus guantes claros. Mi cabeza sangraba profusamente. Intentó disimular su mirada desencajada con rápidos movimientos profesionales, pero la evidencia era muy fuerte para asimilarla en escasos segundos. Utilizando nieve fue disminuyendo la hemorragia. Se sacó sus guantes para empuñar mis manos heladas, ya que en la caída yo había perdido los que tenía puestos, y luego me abrigó otras zonas expuestas al frío. Manoteó con rudeza la radio, para comunicarse con su base, pero el aparato no devolvió señales de vida.

Posteriormente me increpó a mantener alejado el sueño hasta su regreso.

—Fernando, no puedo quedarme aquí, tengo que ir a buscar ayuda —gritó, para agregar—. Tenés que aguantar hasta que vuelva a buscarte, ¿me entendés?... necesito que aguantes, ¡por favor!

Sin decir palabra alguna, moví apenas mi cabeza en forma afirmativa. El viento blanco nos azotaba ferozmente en ese momento. Sentí que me aseguró con algún bastón, para evitar más deslizamientos. Algo inmovilizó, pero no sabía más.

Andrés extrajo su silbato y comenzó a hacerlo sonar mientras se alejaba. Partió por una urgente búsqueda de otras ayudas ante la alternativa de una compañía eterna. El sonido se alejó con su figura, que se perdía en medio del furioso temporal.

Con mi brazo izquierdo limpié la nieve que amenazaba sepultarme. Reté a mi soledad con coraje pero venció sistemáticamente el dolor. De mis ojos, bebí la sal de mis lágrimas y la derrota. De mi boca, mi impotencia gritó verdades, reproches y angustias, hasta que la nieve venteada la enfrió y apagó. A pesar de mis esfuerzos por mantenerme despierto, el cóctel de dolor y cansancio me fue envolviendo en una profunda somnolencia, macabramente fría y placentera al mismo tiempo. Cedió mi resistencia, cerré los ojos y el Cielo se acercó a preguntar por mí. Empecé a morir en sus brazos.

*

9. AZUL PROFUNDO

La mayor certeza en la vida es la muerte.
La mayor incertidumbre es el momento.

Carl Sandberg

Yasak Gitsin decía el pasaporte de un turco de 40 años que andaba esos días por las nieves eternas del Aconcagua. Animal de aventuras, trotaba por el mundo cada año recorriendo destinos que tensaran sus músculos. Se ganaba la vida desafiándola. Así, sabían de él las cumbres del Nepal y los rápidos de México, la selva amazónica y las cataratas del Niágara, algún triatlón noruego y las estrellas del cielo de Marruecos.

Ese enero, otra vez en Argentina, estaba enrolado en la empresa de Roberto Amsler, un mendocino descendiente de una alquimia de razas, entre alemanes, holandeses, belgas, españoles... Yasak era un guía excepcional, especialista en alturas. Los clientes de las expediciones eran acompañados por distintas personas, sus guías en los distintos tramos. Cada uno sabía los secretos de las rocas y las nieves en esos terrenos.

Venía bajando el turco, cerrando la caravana de su expedición después de haber hecho cumbre por enésima vez en su cuenta personal. Avezado en esas experiencias, escuchó claramente el silbatazo. No se confundía ese sonido con ningún otro. Imposible. Le avisó a su jefe de expedición, que no le prestó atención. Había una tormenta muy cerca y el negocio consistía en llevar a la gente a la cumbre y traerla de vuelta a su día a día. Además, si bien el ambiente era amistoso, había cierta competencia entre esos hombres de cueros duros.

Sin llegar al extremo de deslindarse por "los muertos de otras empresas", podía tomarse el ratio de accidentes como una medida del profesionalismo de la empresa y, claramente, una ventaja competitiva en la oferta del servicio. De hecho, cuando Fernando y sus amigos optaron por la empresa de José lo hicieron por escucharlo confiable en sus garantías de protección ante los riesgos eventuales, evitables por la ancha experiencia de él y sus hombres en la altura.

Un accidente en estas expediciones podía ser bastante común. La gravedad lo haría menos común y, en ese caso, se abría la ventana a considerarlo un llamado de atención al espíritu montañés o un diferencial negativo para la empresa organizadora de la expedición.

Ese detalle no entraba en el análisis de sangre de Yasak. Trabajaba para quien lo contratara, pero eso no era un trabajo para él. Era una forma de vivir. Era su vida. Por eso paró su marcha en el primer silbato. Alguien necesitaba ayuda. Cuando lo oyó por segunda vez, decidió separarse de su grupo y se lo transmitió al hombre a cargo. Recibió insultos por respuesta, porque en tales instancias los modales son esos. No funcionan las formas habituales para que alguien entienda un pensamiento distinto o contrario. Con más razón, si eso lleva a abandonar un grupo que ha pagado por esa compañía. En fin, allá ellos.

El turco fue por su instinto. Como un animal salvaje, fue por la sangre hasta encontrarla. Los restos de precaución lo llevaron hasta un bulto desarmado, después de descender casi 100 metros. Era Andrés, en malas condiciones. Tomó posesión del operativo. Su handy alertó en la frecuencia de emergencia.

*

Nicolás, el otro guía de altura contratado por José, había hecho cumbre con dos clientes y rápidamente empezó a bajar, porque la tormenta amenazaba y mucho. No había mucho para ver y bastante para arriesgar. Las nubes habían "acollarado" al gigante, escondiendo la parte mejor guardada de su encanto. Justamente, la que se reserva para que la descubran los que alcanzan la roca más alta sobre el nivel del mar. Es la foto más preciada con la que se vuelve en la retina.

Una de sus acompañantes, Virginia, bombera de profesión, alcanzó a decirle, casi gritando frente al viento:

—...que pena tanto esfuerzo para tener que salir prácticamente a las corridas...

—Y, sí... pero es lo mejor que podemos hacer para no tener ningún problema en la bajada. Siempre hay que pensar que el descenso no es la parte más fácil de este viaje... —le respondió Nicolás.

Estaban cerca de La Travesía cuando escuchó en su radio, por la frecuencia de emergencia, al turco Yasak avisando que había encontrado a Andrés en muy malas condiciones y que había uno más, un tal Fernando Ayala, que estaba muy grave. Nicolás temió por su amigo y compañero de trabajo. Cada minuto en el reloj se convertía en varios menos de luz natural y más dificultades.

El viento soplaba con más fuerza y las nubes se compactaban, como para defenderse de su virulencia. El combo era el menos deseado para cualquier montañista. El azul cielo de los poetas, las épicas crónicas escolares y los relatos de los mismos escaladores, estaba transformando su prístina belleza en una oscura y profunda inquietud. Las nubes, en nerviosas volutas blancas, dejaban espacios para algunos silencios, minúsculos, que eran atropellados por truenos, silbidos agudos, estampidas y algunos sonidos humanos, casi irreverentes en tal escena.

Nicolás estaba preocupado por la suerte de Andrés. No veía casi nada, pero su mente imaginaba todo. En una pequeña tregua de la tormenta, reparó que una voz le ofrecía un poco de calma:

—Yo me quedo con vos, Nicolás. No te voy a dejar solo ahora... Vamos a buscarlos...

En ese momento, Virginia ponía sobre la cancha blanca toda su sensibilidad femenina. Nicolás agradeció. No había lugar para otra cosa en su cabeza que encontrar a Andrés y Fernando con vida. Por eso, moduló su radio una vez más.

—¡Tengo dos caídos, son de mi grupo! ¡Voy a buscarlos y necesito ayuda!

Esa voz corrió en todas las direcciones del coloso. No era un pedido de un desconocido. Nicolás era un veterano del Aconcagua, reconocido no solo por su capacidad en hacer cumbres sino también por su solidaridad a la hora de intentar un rescate. Cada vez que se encendía la frecuencia de emergencia poniendo en alerta a los más avezados, inmediatamente se sumaba a las tareas de rescate. Después de la jornada de trabajo, o en medio de ella, no es sencillo para cualquier andinista destinar energías extras para otro propósito que no sea el propio. No era su caso. Por eso, esta vez, su alarma sonó como un mandato.

*

En la carpa sanitaria de Plaza de Mulas, el médico y su asistente paramédico observaban esa bestial tormenta allá arriba.

El paisaje, por repetido, no lo cansaba al doctor Pedro Gerez. Cada turno era un nuevo festival para los sentidos. Llevaba unos años en este puesto de campaña y varias batallas. Había aceptado tomar ese lugar porque reconocía algunas ventajas sobre su anterior servicio en el hospital. La primera de todas era que amaba la montaña. Sin haber sido un montañista de acción, lo era por espíritu. La medicina y la montaña tenían mucho de espiritual para él. La mente es poderosa, pero el espíritu es quien la habilita para que lo pensado se haga. Es esa sensación inexplicable, solía decir él, "cuando aparecen las dificultades, y algo te lleva por la pared, fluyendo con esa fuerza que te estremece cuando descubres lo pequeño y grande que eres, demostrándote que siempre tienes algo más para dar".

Siendo médico en la montaña, pudo comprobarlo varias veces. Compartió experiencias de mil viajes, en mil idiomas y más señas. Escuchó relatos (y aportó los suyos) de rescates exitosos y de los otros, de muertos vivos que siguen vivos y de muertos que siguen muertos. Muertos bobos, ineptos o destinados. Supo del espíritu montañés en la trepada y el éxito, pero mucho más en el regreso sin gloria y con vida. Le interesaba saber de todo eso como amante de la vida. Para un médico, la vida es un amable diálogo con el contexto. A veces, una conferencia. Allá arriba, la vida es un insumo. Es la razón de todos y es el espíritu de la montaña. Porque la montaña no quiere muertos. La madre Naturaleza ha sido creada para proteger la vida y recrearla. Manda señales, advierte, enseña, pone a prueba. Y se cansa, también. Tiene leyes, reglas, que hacen a su equilibrio. Cuando no se respetan, ella las aplica.

Estaba Pedro con Juan Sánchez, su asistente paramédico, especulando sobre qué sería de esa tormenta. Ninguna era una más. Ningún atardecer era uno más. Ni los mediodías ni los aventureros. Todos pasaban por ahí. Tal vez, que la parca estuviera supervisando los movimientos por ahí le diera a sus trabajos el beneficio de desarrollar una sensibilidad superior. Todos los momentos eran únicos, atentos. Cada tormenta era una alarma. Esta era distinta.

A la hora 16.40, Pedro recibió en la radio de la carpa sanitaria la noticia del accidente. Primero, el aviso de Yasak y, luego, cuando Nicolás alertaba que iba por Andrés y su cliente, el tal Fernando. En un primer momento, no había tantos detalles. Se inició un tráfico de radio insoportable, como toda vez que no hay certezas sobre el estado de alguno de los miembros del staff permanente de la montaña.

Se puso en marcha el operativo, disponiendo el protocolo de movilización de los recursos habituales. El doctor Gerez intuyó que no sería sencillo. José, el guía, pensó lo mismo.

*

La señal de Andrés se fue debilitando en mis oídos hasta perderse en la nada. Yo era casi nada. Quizás para que no cayera en la sensación de la no existencia, o por estar precisamente en los umbrales de eso, vinieron a visitarme muchos momentos. Una de las pocas partes de mi cuerpo que podía mover eran mis ojos. Elegí no abrirlos.

Del otro lado de mis párpados había una locura inexplicable con palabras. Empezaba a unos metros, en la dimensión Naturaleza, y se extendía muchos más, hacia abajo, en la dimensión humana. Yo estaba de este lado de mis párpados, en un lugar donde empezaba a encontrar una dulce paz... Allí no había dolor, sentía cierta liviandad, y en un acto mágico comenzaron a desfilar mis afectos, incluido yo mismo. Me vi mucho más joven, un niño, correteando por la esquina de casa, las primeras peleas callejeras, mi primer beso, vi a mi viejo lejos y a mi vieja muy cerca y hasta se me apareció alguna cara conocida de las incontables anécdotas de mi barrio y del colegio Santo Tomás de Aquino.

Estaba en la platea viendo pasar mi vida, sin saber hacia dónde iba. Lo que para cualquiera hubiera sido un sueño placentero, incluso para mí, era un tiempo muy estrecho, en realidad. Un instante que separaba la luz de la sombras. Y en ese instante yo no estaba. Solo había un cuerpo retorcido, desarmado, enfriándose en la blancura, inmóvil. Yo prefería estar en un lugar más cálido: en el sofá de los recuerdos.

El ser humano es consciente de su estado cuando decide abrir una ventana y asomarse al tiempo presente. Si no, vive para atrás o para adelante. Recuerda o se ilusiona. Revive, resiente o fantasea. En el inconsciente se atesoran cantidad de datos y formas, organizados como juicios, que constituyen un majestuoso menú de opciones. Hay juicios para todo. Y para todos. En un rincón, cerca de la salida, hay una zona dispuesta para hacer algunas alquimias con datos tomados de ese menú. Es una zona pequeña, porque no se utiliza tanto. Allí se ensayan intenciones, se dibujan proyectos en el aire, se paran promesas sin pies, se hace imposible lo posible. En síntesis, es un recreo del inconsciente.

Fuera del recreo, el inconsciente vive celebrando ritos sagrados. Los recuerdos son eso. No gasta energía en crear nada; usa lo que ya tiene. Todo tiempo pasado tiene el valor de haber sido probado. No hay sorpresas ni de qué preocuparse. Hay una sensación de irresponsabilidad, porque es como una película actuada por alguien parecido. La identificación con el personaje abarca los actos gloriosos, los fallidos y los fallados, pero desde la lejanía del lugar de los hechos. Por eso, en ese instante eterno, yo era un observador ajeno a la molesta presencia de mi cuerpo. No quería ser consciente de estar allí y, probablemente, tampoco quería estar cuando se habilitara el paso hacia otro estado.

*

Nicolás y Virginia divisaron algo que rompía el monocolor. Parece sencillo ubicar algo que no es blanco en tanta blancura. Parece. El problema es la tanta blancura, en sí misma, que devora a lo que no lo sea.

Era un cuerpo. Apuraron el paso y lo vieron con claridad. Estaba en posición fetal. No era Andrés, dedujo rápidamente Nicolás. Por los colores de la ropa y porque no. Aunque no suene muy cristiano, eso lo tranquilizó. Humano, en fin.

Cuando llegaron, se encontraron con un recuerdo de la montaña. Un cuerpo sin vida de un hombre con señales de llevar varios días en ese lugar, la piel lisa y la cara amoratada, donde una mueca desencajada se confundía en la perpetuidad.

Pasaban los minutos. Arreciaba el viento blanco y todo se hacía más complicado. Cuando se pierde la referencia en ese estado de escasez de energías, suceden dos cosas aparentemente paradójicas.

Por un lado, parece derrumbarse el físico de la mano del ánimo. La aventura no prevé finales no felices. Cuando antes no hubo un final no feliz, el inconsciente no tiene un registro preciso en su menú. Están presentes la prudencia, el temor a lo desconocido, la previsión, pero todo dentro de un marco o plan de contingencia. La mente es un proceso, una experiencia continua, que muta con los datos que va recibiendo. Adapta la respuesta física a lo que la desafía o estimula desde el exterior, buscando el equilibrio de un sistema que se extiende más allá de los límites controlados de manera directa por el cerebro. Si las cosas van bien, se sigue el plan maestro. Pero si no es así, por lo que fuera, la mente recalcula, resetea la máquina, sabiendo que no tiene tiempo para ponerse a discutir quién tuvo la culpa.

Allí aparece la segunda respuesta. Una potencia que parecía estar disponible en una reserva, una batería extra, que recibe distintos nombres según los analistas: presencia de ánimo, fuerza espiritual, actitud, templanza, supervivencia... No es mi tema ponerle nombre, pero sí identificarla con un valor humano intrínseco. Precisamente, el valor de lo humano como especie. Quizás haya un comando superior que administra fuerzas, organiza casualidades, dispone tiempos, recarga sangres, desvía vientos y enciende luces cuando quiere que algo pase. Algo o alguien, lo hace pasar.

*

Alguna intuición, disfrazada de conocimiento de la montaña y sus intrigas, lo llevó a Nicolás a seguir un camino y no otro. Sus pasos se encaminaron confiados en la dirección sur-oeste, como guiados hacia no sabía qué. Lo supo cuando vio unas formas humanas. Era el turco Yasak, radio en mano, cubriendo con su cuerpo al de Andrés. Al abrazo emotivo y fraterno le siguieron una serie de preguntas, de Nicolás a su compañero, para intentar ubicar la posición donde podría encontrarse Fernando. A duras penas, Andrés pudo transmitirles que siguieran descendiendo varios metros en una dirección apuntada, tentativa.

Con visibilidad casi nula, fueron ambos. Él y toda su capacidad de años en la montaña; ella y su sentido de solidaridad ante la emergencia. Los dos con la firme decisión de encontrarlo. Luego de varios minutos de descenso, observaron una mancha sobre un hueco en un planchón de hielo y se acercaron a descifrar qué era eso. Eso era Fernando.

Cuando llegaron hasta él, que estaba inconsciente, se comunicaron con el guía jefe, y el puesto médico y empezaron a transmitir lo que podían ir chequeando. El doctor Pedro Gerez completó su información inicial. Primero, escuchó sobre la extraña posición en la que había quedado Fernando. Tenía la cadera rotada, los brazos y las piernas cruzadas, una herida sangrante en la cabeza, algo más en una pierna y algunas restricciones de movilidad (hombro derecho, mano derecha).

Decidió convertir a su asistente en un maniquí humano para reflejar la situación y poder indicar algunas acciones a distancia. Por lo que estaba entendiendo había que extremar la prudencia. Dependiendo de la dificultad del traslado, del estado del accidentado y del espíritu complementado de la montaña y los montañeses, la historia podía terminar en el trayecto y dejar allí su punto final eterno.

Ante el cuadro y las eventuales alternativas, barajaron la necesidad de convocar a un helicóptero. No era tan fácil, por la accesibilidad del lugar y por los antecedentes inmediatos. Se habían perdido dos unidades en poco tiempo y esa era la mayor de las adversidades, del lado de las soluciones.

*

La radio de José, el jefe de la expedición, ya formaba parte de su cara. Estaba fundida en su oreja derecha, vinculando a toda su gente para atender dos frentes.

Toda su vida en la montaña y la experiencia de tantas cumbres en el Aconcagua estaban siendo puestas a prueba como nunca antes había ocurrido. Necesitaba que lo ubicaran a Andrés, que rastrearan al accidentado, y que no tuvieran otro problema con el resto de los clientes. La discreción es un recurso exhausto en esta circunstancia. El rumor corre más rápido que las ayudas y entran en crisis las pocas garantías que ofrece un público tan diverso en su origen como en sus probables reacciones ante el trastorno de uno como ellos.

Fue hasta la carpa sanitaria para concentrar allí el comando de operaciones de rescate. Por lo que entendía, no sería un trámite. Cuando se reunió con Gerez y su asistente, lo confirmó.

—¿Cómo lo vamos a traer? —preguntó el doctor.

—No va a ser fácil —devolvió José, sin mirarlo —. Estoy tratandodecomunicarmeconLuis,porquecreoquenecesitamos un helicóptero.

—Yo soy médico y bastante tengo para hacer si me lo traen con vida. O lo vamos a buscar antes que sea una piedra más allá... —remató Gerez, apuntando con el dedo índice hacia la cima.

—¿Qué mierda habrá pasado? —alcanzó a decir José en medio del infierno de comunicaciones.

*

Luis Parraviccino era comisario y jefe de la Patrulla de Rescate de la Policía de Mendoza. Cuando le llegó la noticia, puso en marcha, una vez más, el arsenal de medidas operativas para esos casos. De inmediato ordenó el alistamiento de tres integrantes de la patrulla para salir en búsqueda de los accidentados. Una vez más, para estos tipos, es como la primera vez. No hay profesionales o pelotudos que se caen. Hay hombres y mujeres que tienen accidentes y ellos están ahí para traerlos de vuelta.

Era urgente conseguir un helicóptero para una rápida evacuación aérea. Debido a las dificultades para conseguir este servicio en el país, inició contactos con la Dirección Nacional de Carabineros, la Fuerza Aérea y el Servicio de Rescate Andino de Chile. Ellos brindaron siempre la máxima predisposición, pero no se pudo concretar esta alternativa de manera inmediata por cuestiones burocráticas vinculadas con la seguridad nacional, ya que se trataría de una nave militar chilena ingresando al espacio aéreo argentino. Fueron infructuosos los intentos de comunicación con autoridades del Ministerio de Relaciones Exteriores de la Nación, para que autorizaran la operación. La bronca e impotencia eran superiores: un helicóptero de la Fuerza Aérea Chilena estaba listo para realizar de inmediato la evacuación de un moribundo y no podía conseguir una respuesta rápida de la burocracia.

Se comunicó con sus superiores. Buscó alternativas. Insistió, sin saber por qué. Solo porque había una vida en equilibrio inestable. Pero no pudo ir más allá de un límite. Pensando en soluciones salió de su destacamento. Miró al cielo buscando inspiración.

*

Sentí ruidos. El sonido, luego, se tornó cada vez más fuerte y nítido. Abrí los ojos. A pocos centímetros de mi rostro, alguien de larga cabellera y prominente barba blancanieve me golpeaba el rostro una y otra vez tratando de despertarme y me gritaba con furia:

—¡No te duermas otra vez, aguantá! ¡Nosotros te vamos a sacar de aquí!

Reconocí a Nicolás.

Además, observé borrosamente a otras personas. Una pequeña asamblea... algunos mirándome, otros opinando, sonidos de radios, un par más palpándome y escuchando mis gritos de dolor. Informaban que me encontraba deshidratado, que por lo apreciado tenía luxado un hombro y tal vez fracturas, ya que no podía mover la cadera. Yo estaba en un estado de no sé qué, pero lúcido. Entendía todo...

La radio devolvía instrucciones que yo no comprendía. Me colocaron sobre una especie de camilla, armada con mochilas, cuerdas y bastones entrelazados. Sobre ella me abrigaron con camperas, un sobretecho y otros trapos y me enfardaron con unas sogas. Todo el tiempo una chica me hablaba, me preguntaba por mi familia, por mi trabajo, no tenía ganas de hacer sociales, y sentía que, mal herido como estaba, tampoco daba un rol muy seductor. La llamaban Virginia.

Comenzamos a descender cuesta abajo por el acarreo. Comenzamos, digo yo... Eran muchos y se alentaban mutuamente, puteaban y maldecían por los resbalones, el clima y el tiempo, un testigo calificado en ese teatro. Un par de veces sentí que me apoyaron en el piso y trataron de arrastrar, pero les recordé a grito puro que no era un tobogán o algo parecido a eso.

En ocasiones me entraba nieve por la espalda. Me acomodaban de nuevo pero al rato ocurría lo mismo. Mi brazo derecho se salió varias veces del montaje y lo llevaba arrastrando. Se me salía un guante, se corrían las cuerdas, me destapaba... No había lugar para tener en cuenta esos detalles; era bajarme vivo a como diera lugar.

Tantas voces, gritos y violencia a mi alrededor, algunos disparos de linternas que alcancé a descubrir por debajo de la venda de mis ojos y mi indefensión absoluta, atado e inmovilizado, me trasladaron a una escena de secuestro. Delirando, creí que transitaba a bordo de una camioneta, girando una y otra vez para despistarme. Adjudiqué la oscuridad a una capucha que cubría mi rostro. Supliqué clemencia, por mi familia, por mi hija y por el otro hijo por nacer. En un momento la imaginaria camioneta se detuvo, presentí entonces los últimos instantes de mi vida.

*

Dos veces, durante el tortuoso recorrido, la duda se había presentado en el camino ante el informal cuerpo de rescatistas. La duda con cara de reto al destino. La primera vez, uno de los varios resbalones terminó más allá de lo esperado y casi desarmó la tropa. La camilla, desparramada. Uno de ellos, puteando a todos y a Dios, para que quede claro su sentimiento. En los minutos siguientes, chequeadas las consecuencias, evaluaron por dónde continuar. Había que atravesar una pendiente brava y un terreno muy poco firme. Alguien lanzó palabras inmundas para el momento, sugiriendo que estaban arriesgando mucho por uno de estos pelotudos... Lo calmaron al exaltado, uno de los que casi sigue viaje exprés montaña abajo. Y retomaron la batalla.

Un rato después, tras superar lo más difícil, uno de ellos, fundido por el esfuerzo, tropezó con una piedra, se cayó, se llevó puesto a otros dos, se golpearon feo y quedaron muy maltrechos. El estado general de la mayoría del grupo era muy malo, incluido Fernando, que deliraba cada vez más.

Dos de los tipos comenzaron a insultarse, representando dos posiciones antagónicas: seguir en la misión o abandonarlo al loco ese para que se le enfríe la locura. El cansancio y el riesgo hacían un cóctel de trago amargo y peligroso.

Largos minutos llevó a Nicolás y a otros recomponer al grupo. El voto dividido no lograba encontrar la veta común. Algunos argumentaban que era imposible llegar a la carpa con el paquete o hasta lograrlo pero con el equipo completo. Había quien reclamaba atención para sí, extenuado y ya sin buen control de sus movimientos.

Nicolás hizo pesar otra vez su autoridad bien ganada en las alturas. Seguramente, acompañado por quien tiene la última palabra en estas cosas de los humanos. No era el momento aún para que Fernando vuelva a la casa grande y sí para que siguieran rumbo a Plaza de Mulas. Todos.

*

Desde Plaza de Mulas salió un grupo conformado por tres integrantes de la patrulla de rescate de la Policía de Mendoza con el objetivo de relevar a los que venían bajando a Fernando. Aproximadamente a las 0.30 horas del nuevo día y una temperatura de unos -30ºC, llegaron a Cambio de Pendiente y allí hicieron contacto con ellos. José, la patrulla y otros rescatistas tomaron la posta. En el encuentro, se le tomaron los signos vitales, lo mudaron a una bolsa de dormir e hidrataron con té caliente. Lograron restablecer signos vitales menos extremos, sin saber por cuánto tiempo. En ese lugar, hubo un nuevo cónclave. La primera opción considerada era estabilizarlo en el campamento más próximo, lo que significaba trasladarlo un corto tramo hasta Nido de Cóndores. La segunda alternativa consistía en continuar un largo descenso hasta el servicio médico de Plaza de Mulas. Se decidieron por esta última debido a su grave estado.

Tuvieron que bajar el resto de la senda con la camilla levantada, porque las fracturas de cadera lo estaban desarmando, literalmente. El ritmo fue más rápido porque se organizaron varias postas, para no demorar más aún hasta llegar a Plaza de Mulas. A las 5 de la mañana, la carpa apareció ante sus ojos, abriendo sus brazos a la vida.

*

El ingreso a la carpa fue impetuoso. Seis hombres sucios, llenos de barro y completamente mojados ingresaron con la camilla y sin ninguna delicadeza la dejaron en un mesón, en medio de gritos e insultos. Estaban doblados físicamente y con sus reservas anímicas hechas jirones. Habían luchado con bravura contra el Centinela de Piedra, dejando en la historia el caso único de un rescate realizado en la misma jornada de ocurrido el accidente.

Nicolás apenas podía mantener la vertical. Entre las bocanadas de aire se hizo un espacio para dejarle al médico el mensaje del grupo. Lo miró fijamente:

—Nosotros hicimos nuestra parte... lo trajimos vivo... Ahora usted tiene que hacer la suya, que no se nos muera acá...

Dio media vuelta y salió de la carpa sin decir una palabra más.

El doctor Gerez se paró frente a un cuerpo envuelto en una bolsa de dormir, que guardaba secretos por develar. Venía totalmente mojado, sin control de esfínteres y con las manos hinchadas. La carpa estaba calefaccionada, lo que fue una bendición como premio al esfuerzo de un grupo numeroso de guías, montañistas y colaboradores. Por sobre todo eso, un grupo de hombres con coraje. El coraje no es la ausencia de miedo sino el valor de superarlo. Este ejemplo le cupo exacto a esa definición. Dos veces coquetearon con los temores y otras tantas lo dejaron bebiendo el frío de la derrota.

Rápidamente, con tijeras le cortaron todas sus ropas. Hasta su alianza fue intervenida. Se le practicaron las canalizaciones para suero y calmantes y lo sedaron.

Después de un primer chequeo, anotaron que presentaba un cuadro de hipotermia, tenía un gran hematoma del lado izquierdo, que arrancaba debajo de la axila, seguía por las costillas, la cadera y bajaba hasta la mitad del muslo de la pierna, de color rojo bien oscuro, acompañada de una gran inflamación en toda el área. Además, tenía fracturada la clavícula y la cadera basculaba. Dada la extrema gravedad del cuadro, resultaba inminente la necesidad de una atención hospitalaria. Había que sacarlo del Parque Aconcagua a como diera lugar y en forma urgente. La vida de Fernando era una bomba de tiempo.

*

La luz de un farol encandiló mis ojos. Cuando se me aclaró la mirada, observé a un hombre cerrando un ojo para ajustar la puntería de su jeringa con morfina. Empecé a desvanecer. Desperté apenas unos segundos antes que el dolor. Gente, mucha gente otra vez sobre mí. Alguien me preguntó qué deseaba.

—Una Coca Cola —respondí.

Todos rieron. La situación soltó la tensión y solo entonces comprendí que me encontraba en la carpa del puesto sanitario de Plaza de Mulas. Me contaron también que había arribado hasta allí a las 5 de la mañana, luego de más de diez horas de rescate. La abrumadora acción de tantas cremas vasodilatadoras completó la información de malas noticias. Además de las fracturas, presentaba un grave cuadro de congelamiento en todos los miembros. Rebajé la amarga dosis de realidad con dos latitas de gaseosa. Me informaron, luego, que ya le habían avisado a mi familia. Se escuchaban desesperados intentos por lograr una urgente evacuación en helicóptero:

—Se encuentra muy mal, si no lo sacamos hoy de aquí se nos muere —transmitió el operador de radio desde la carpa contigua.

Esta brutal sentencia me causó terror. Comprendí dónde y cómo estaba...

*

10. SI ES NECESARIO, ES POSIBLE

Dios es un verbo.

Richard Buckminster

Inés estaba preparando las cosas para irse al club con su hija Nahir. Era una mañana radiante y prometía un día de esos que no se olvidan por la pesadez. A las 9.15 sonó el teléfono. Era el guardaparque López, desde la base Aconcagua, preguntando por ella. En un segundo que se colgó del aire, esperó por la siguiente frase, que llegó impiadosa: Fernando había sufrido un accidente y estaban tratando de bajarlo lo antes posible a un hospital en la ciudad de Mendoza. Para eso, la decisión ya perfilaba hacia la búsqueda de un helicóptero, el medio más rápido para asegurar la mejor atención en un caso de gravedad y que se estaba complicando en los primeros intentos.

Dentro de la conmoción en la que estaba, le sorprendió que cada pocas palabras el guardaparque intercalaba "el señor está bien", "el señor Fernando está bien...". "Hay que conseguir un helicóptero para sacarlo", terminó. Quedó en mantenerla informada.

¿Cómo se consigue un helicóptero...? Cuando colgó el teléfono, se quedó pensando en eso. Registró su respiración más lenta, tocó su panza y le pidió a Dios que le permitiera estar con la mente clara y en calma. No perdió ni un momento en reproches. Inmediatamente, se fue hasta la casa contigua, donde vivía la mamá de Fernando, y trató de elegir las palabras para darle la noticia sin que la supere la carga emocional. Le recalcó que estaba vivo y en atención, sin más detalles. Olga, su suegra, se tomó la cara con sus manos, marcó una expresión neutra, se acomodó la bata de cama y sintió que tenía que sentarse, por las dudas. Inés la ayudó, mientras escuchó un lacónico "yo sabía...".

Le encomendó que se ocupara de su hija, todavía dormida, para que ella buscara ayuda. ¿De quién...? La invadió el ahogo que estaba conteniendo desde unos cuantos minutos atrás. No era una mujer de cuero doble, estaba embarazada y la sorpresa ya estaba necesitando dejar su lugar a acciones efectivas.

Llamó a dos personas estrechamente ligadas a Fernando: a Darío, amigo de toda la vida, y a Ignacio, compañero inseparable en el gremio. Los puso al tanto de lo que había ocurrido y les pasó los datos de contacto del jefe de la Patrulla de Rescate, comisario Luis Parraviccino, que le había dado el guardaparque y les dijo que había que ir a buscarlo en helicóptero. Los dos se conocían entre ellos y coincidieron en transmitirle, cada uno a su manera, tranquilidad porque se harían cargo de la situación. Les creyó, pero ¿cómo estar tranquila...?

*

Al enterarse de lo que había sucedido, Sergio Palazzo, líder de la Asociación Bancaria local, llamó a Ignacio Llopart y a Héctor Garcés y les dijo que eran los responsables desde el gremio para llevar adelante todas las acciones que hicieran falta para traer a Fernando del Aconcagua. "Traerlo vivo como sea", remató.

Ambos establecieron comunicación con los amigos de la vida de Fernando. En minutos el tercer piso de la bancaria se transformó en el lugar de encuentro, donde convergieron todos, gremialistas, amigos y toda aquella persona que pudiese ayudar; y juntos con el jefe de la Patrulla de Rescate más otros colaboradores, comenzaron a diagramar una red de contactos y comunicaciones a la altura de la gravedad de la situación. Así, definieron y se distribuyeron tareas de quiénes se encargarían del helicóptero, de la ambulancia, del hospital donde lo internarían, de la familia, en definitiva... de todo.

El *Colorado* fue uno de los que se enteraron de la novedad a media mañana. Pensó que les habían dado esa noticia para que no se volvieran locos, pero que en realidad Fernando ya estaba en otro mundo. Y se preguntó si eso habría ocurrido igual en el caso que los cuatro amigos hubieran compartido la aventura. Se respondió con un "dejate de boludear... y ponete a laburar que hay que conseguir un helicóptero...".

Parecía que habían escondido todos los helicópteros en la zona. Jorge Romano, un empleado de la Obra Social Bancaria, aportó tener una relación en la 4ª Brigada Aérea. Le pusieron el teléfono en la mano y lo miraron fiero, para que no pierda un minuto más. Al rato, el suboficial mayor Álvaro Grimaldi escuchaba, atónito, el pedido y la historia resumida y encaminó la posibilidad. Unos minutos después, el vicecomodoro Yáñez, a cargo de la base aérea, le respondió:

—Tenemos un solo helicóptero. Y para realizar ese vuelo necesitamos al menos dos máquinas, una de apoyo... Sabés que eso dice la normativa de procedimientos para estos casos.

—Bueno, fijate, por favor. Están buscando por todos lados, y no pueden resolverlo. Y el tipo que me lo pide es un amigazo. No hay problemas con la papelería. Hay un gremio atrás...

El vicecomodoro Yáñez estaba encargado pero no era el jefe de la brigada. En pleno enero, las vacaciones hacen todo más lento y complicado.

Para entonces, con el correr de los minutos, un ejército sudoroso recorría oficinas, teléfonos, calles, casas y nervios. Un grupo se dirigió directamente a la Brigada Aérea. Entre ellos gremialistas que, al cabo, sabían que los espacios se ocupan antes que pedirlos.

*

Daniel Sanzone saltó de su cama en el hotel de Miramar. Era la hora 4.30 de la mañana. Excitado por una pesadilla, fue al baño a lavarse la cara y se quedó mirando su rostro en el espejo tratando de entender lo inentendible. No bajaba su taquicardia. Volvió al cuarto y fue a mirar por la ventana de la habitación 241 hacia una hermosa y fresca noche. Buscó alguna respuesta en las estrellas, como todo el mundo lo hace cuando quiere conectarse con la fuente de información que dispara las intuiciones. Mabel, su mujer, apareció en silencio a su lado, sorprendida por la situación.

—¿Qué pasó, *Dani*?

—Tuve una pesadilla, flaca, horrible.

—¿Qué soñaste...? —le dijo su esposa, contagiada de su consternación. Lo notaba mal.

—Algo pasó allá, algo le pasó a Fernando...

—¿Cómo lo sabés...?

—Lo sé, flaca, lo sé...

Esperó que se hiciera una hora prudente para llamar a Inés. Dejando una luz de duda sobre su certeza, no quería alertar en vano a una mujer embarazada. Tampoco quería joder a sus amigos, porque, en fin, estaba de vacaciones y ya bastante le había jodido la noche a Mabel.

9.30 de la mañana, llamó a Inés. Daba ocupado... la puta que lo parió creció su certeza, 9.40 logró hablar con ella:

—Hola, Inés ¿cómo estás...? ... —trató de cuidar el tono, inútilmente.

—Hola, Daniel —le conoció la voz en el momento.

Daniel olió lo que seguía; sintió algo en el color intenso de una voz que no era así habitualmente.

—¿Qué sabés de Fernando? —largó.

—Nada todavía, lo que ya saben ustedes, ¿vos sabés algo más?

Ahí comprendió que no sabía ni algo ni nada de lo que los demás sí sabían.

—¿Qué le pasó? —gritó—. No sé nada, Inés…

—¿En serio me decís?

— Sííí, contameeee…

Inés sabía que Daniel la llamaba desde Miramar. Y en medio de la tormenta de nervios, no pudo tener claro si le decía todo o si atenuaba algo. Estaba de vacaciones. Lo que le quedó claro fue que ya no podía ocultarle lo que había pasado...

—Se cayó en la montaña. No sé mucho más que eso. Están tratando de bajarlo, están buscando un helicóptero... no está bien y no sé si llegarán a tiempo... los muchachos están moviéndose...

Fue lo último que le entendió Daniel, antes que los sollozos inundarán el espacio entre ambos. Se despidió y empezó su propia aventura. Pasó las siguientes dos horas pegado al teléfono, sentado en la cama, caminando en tres metros por tres metros, abandonado a su tensión. No paró de hablar, dar indicaciones, pedir en tono de exigencia el mayor de los esfuerzos para intentar salvar a su amigo, a su hermano.

Hacía solo dos días que había llegado con su familia a Miramar en busca de su merecido descanso. Encaró a su familia:

—A preparar las valijas, nos volvemos a Mendoza.

—¡Vamos! ¡No perdamos tiempo! —agregó Mabel, dirigiéndose a sus tres hijos sin dudar.

Ella ya estaba acostumbrada a los códigos de amistad que manejaban su esposo y su amigo. Códigos forjados durante más de 30 años, donde no faltó nada por vivir entre ellos.

*

Ignacio Llopart, Héctor Garcés, Darío e Inés fueron hasta la Brigada Aérea. Allí pidieron ver al vicecomodoro Yáñez. Los hicieron pasar a una sala espaciosa con sillones marrones grandes, donde reinaba un silencio que imponía respeto. Ellos, el grupo, contenían sus nervios porque sabían que estaban cerca del objetivo. Pero la ansiedad no les permitió conocer si los sillones eran buenos. Solo Inés, que dentro de su estado tenía otro estado, fue casi obligada a sentarse.

Los invitaron a pasar a la oficina del vicecomodoro. Se lo notaba incómodo. No era habitual que pasaran estas cosas en enero, cuando uno cree que está para prender y apagar la luz y poco más. Con formalidad y cortesía militar, los saludó a cada uno y les explicó los asuntos legales que había que completar para liberar el aparato y a su tripulación. Y las posibles consecuencias de toda esta aventura. Héctor Garcés no pudo aguantar tanto cartón y lo apuró:

—Vicecomodoro, no tenemos mucho tiempo para esto... le pido que nos diga dónde hay que firmar y vamos para adelante, ¿sí?

—Señor —retrucó Yáñez—, entiendo su nerviosismo pero yo estoy tratando de ayudarlos… No es un juego esto y yo me estoy haciendo cargo de una responsabilidad que no me saco aun cuando ustedes me dejen todas sus casas. Hay muchas vidas en riesgo aquí.

Estuvo parado todo el tiempo. Como Ignacio y Héctor. Darío estaba junto a Inés, sentados ambos. Se tomó un segundo para recuperar el ritmo de la conversación, un par de tonos más abajo. Miró los papeles que tenía frente a su vista en el escritorio, y dirigió la palabra a Inés.

—Señora, comprendo su estado, pero necesito decirle con la mayor claridad que esta operación es muy difícil. Por las condiciones climáticas, por el estado de su marido y las posibilidades de maniobrar el aparato en la zona. Seré más franco, con su permiso... —estiró la tensión...—, yo no voy a permitir que se ponga en riesgo la vida de un piloto y un mecánico, aunque su marido se esté muriendo...

El aire se cortó con un *bip* de la radio del vicecomodoro. Entre ruidos muy raros, se escuchó una voz que hablaba de los vientos en la zona y que no iba a ser fácil operar en Plaza de Mulas.

—Que venga a mi despacho el capitán Castaño —le ordenó a un asistente.

Volvió a sus visitantes y les indicó que por favor lo esperaran afuera.

*

El capitán Lucas Castaño había llegado bien temprano a la Brigada Aérea. Era su día de guardia, y estaba en el lugar habitual donde desarrollan sus tareas los pilotos del escuadrón de helicópteros Lama cuando, promediando la mañana, un compañero le comentó que había un rumor de la posibilidad de realizar una misión en alta montaña. Media hora después le avisaban que debía hacerse presente de inmediato en el despacho de Yáñez.

Castaño era un piloto con características especiales. Por un lado, tenía una gran capacidad para resolver de manera original y creativa distintas circunstancias que se presentaban en cada salida que acostumbraba realizar. Sin embargo, planificaba con anticipación cada vuelo, evaluando todas las situaciones posibles de ocurrir y la consiguiente resolución a cada una de ellas. Al momento de ser convocado por el vicecomodoro Yáñez, se encontraba terminando la planificación del posible vuelo del que le había comentado su compañero.

Le pareció ver algunos movimientos extraños en el edificio. Había unos cuantos hombres y una mujer embarazada. Vio a la distancia que uno de sus compañeros lo señalaban a él y el grupo de visitantes de la base giró sus cabezas hacia su posición. Caminaron a su encuentro, francamente.

Uno de los tipos fue a tope.

—Buen día, ¿usted es el capitán Castaño? —le preguntó Darío.

—Sí, señor, buen día.

—¿Le dijeron que va a ir a buscar a un tipo que se cayó del Aconcagua?

—No, señor. ¿Qué pasó? —evadió la respuesta a gente que no conocía.

El capitán siguió caminando, mientras escuchaba el relato breve de su sombra, Darío. Cuando se acercaron al edificio, algunos de sus compañeros controlaron la situación, dejando que Castaño fuera solo a la oficina de Yáñez, que lo esperaba.

Los hombres de la Fuerza Aérea cruzaron un diálogo corto y expeditivo. Castaño pidió que le informaran a su jefe natural, el comodoro Sayago, que estaba de vacaciones, y que llamaran el suboficial principal Dante Rucci para asistirlo como mecánico en el vuelo. Yáñez le transmitió la tranquilidad que apoyaría su decisión y lo respaldaría con esa gente y con sus superiores. Volvieron a reunirse con el grupo de allegados al accidentado.

Castaño se comunicó, por orden de Yáñez, con la base de Guardaparques del Aconcagua para consultar minuciosamente las condiciones meteorológicas y conocer el margen de riesgo en el vuelo. Le dijeron que eran buenas en ese momento, pero aconsejaron no bajar en Plaza de Mulas. En realidad, esa información tenía una proyección corta en el tiempo, en virtud de la inestabilidad que había por esas horas. Además, preguntó cuál era el estado real del accidentado y sus posibilidades de sobrevida. Le confirmaron que se encontraba en un estado gravísimo, terminal. Ese último dato era un parámetro suficiente, pensó, para que no se autorizara la operación de rescate.

Mientras Castaño recibía esa información, escuchó como Yáñez les decía a los visitantes:

—Si el accidentado está en serio riesgo de perder la vida, la misión no se lleva a cabo… —sentenció con dureza. Y siguió:

—Les vuelvo a reiterar que no voy a arriesgar a dos hombres y a una máquina para traer un muerto.

Inés y los otros quedaron inmovilizados al escucharlo.

Sin embargo, Castaño se reservó la información sobre el estado de salud de Fernando. Consideró lo que vio cuando se dirigía a la oficina de su superior: esa gente, esa mujer cargando a la panza su inquietud y que le dejaron un espacio para que eligiera qué hacer.

En años anteriores, se habían perdido compañeros de la fuerza y dos helicópteros en un rescate de alta montaña. El buen criterio indicaba que no habría que poner en riesgo hombres y máquinas para rescatar a una persona con alta probabilidad de morir antes de la llegada al lugar. Las consecuencias podían ser muy costosas para los responsables, además del valor material.

Hasta era probable que, para cumplir con la formalidad y con la gente, seguramente luego del despegue se le hubiese ordenado pegar la vuelta, argumentando condiciones climáticas adversas o la detección de una falla mecánica.

Yáñez dio por terminada la reunión despidiendo a los allegados de Fernando, con el compromiso de intentar el rescate y quedándose solo con Castaño.

—Capitán, prepárese para salir, pero usted sabe que no debemos arriesgar. Usted llega a Puente del Inca y si las condiciones no son favorables, se vuelve. La familia va a reconocer el esfuerzo de haberlo intentado.

—Sí, vicecomodoro —asintió, y salió de la oficina.

*

Si es necesario, es posible... Esas palabras, sencillas y enormes en su comunión, Castaño las escuchó justo esa mañana en la radio, de boca de un locutor que remataba con ellas una historia común, de un hombre común de la calle, un laburante, que había logrado reducir a un hábito diario una serie de dificultades que se le presentaban para sostener la olla en su casa. Hablaba del amor por el prójimo, en ese caso por su familia, y que si uno tiene ganas de fijarse en los detalles, en las cosas simples de todos los días, cuántas veces lo imposible se hace realidad por obra del amor hacia el otro. Es cuestión de dejarse llevar por lo que está adentro de cada uno, más o menos escondido, pero está. El amor por el otro, un ser en el que te puedes reconocer. Así, lo que tiene que ser, será. Sin necesidad de explicación alguna. Pasa. Cuando se siente, pasa.

*

El principal Dante Rucci, mecánico del escuadrón de helicópteros Lama, recibió un llamado en su celular, cuando estaba haciendo trámites en Casa de Gobierno y por iniciar un viaje de vacaciones. Supo enseguida que no era algo de rutina. Por eso no lo llamarían a él, en medio de su licencia. Volvió a su casa, se cambió y partió raudo hacia la Brigada. Una vez allí, inmediatamente se dirigió al hangar, hacia el Lama H-66, y comenzó a alistar la máquina, fiel compañera de tantas misiones. Con un colaborador puso en marcha el motor, preparó la cabina, montando la camilla y disponiendo los elementos para amarres. Luego, desarrolló el protocolo de chequeos mecánicos a la máquina.

Rucci estaba próximo a su retiro. Viejo lobo del escuadrón, había estado en muchos rescates. Por varios años, su lugar de operaciones fue el Parque Aconcagua. Tenía un gran aprecio por el capitán Castaño, quien era mucho más joven que él, pero se respetaban como si no existiese esa diferencia.

De carácter corto, hablaba lo suficiente y le costaba mostrar alguna emoción.

Castaño terminaba con la rutina de vestirse con la clásica indumentaria militar color verde. Era un hombre silencioso en los momentos previos a cada vuelo, como siguiendo un ritual que pasaba por encomendarse a Dios y dedicar un momento de máxima concentración a repasar mentalmente todo lo planificado. Tomó con firmeza su casco naranja, color elegido por el contraste con la nieve ante un eventual accidente en alta montaña, y salió con paso firme hacia el hangar.

El encuentro de estos dos hombres fue junto al helicóptero, en el que ya habían compartido innumerables misiones. Solo bastaron mutuas palmadas y pocas palabras.

Castaño lo puso en antecedentes de lo que estaba pasando. Le preguntó qué pensaba él.

—Estuve averiguando en Guardaparques y me dicen que el tiempo está bien ahora. Y que el tipo está hecho mierda... pero eso no se lo conté a Yáñez ni a la gente.

—Bueno, capitán —dijo Rucci.

—Me dijo Yáñez que la decisión es mía. ¿Qué hacemos?

—Si hay una persona que nos necesita, cuente conmigo, capitán.

—Bueno, Rucci, pero no vamos a hacer boludeces. Si vos ves que no te gusta cómo viene la mano, o que yo me estoy pasando de la raya, me lo decís y nos pegamos la vuelta ¿entendido? —Castaño miró fijo a su compañero.

—Quédese tranquilo, capitán, yo confío en usted —le devolvió Rucci, con un sincero respeto.

*

Los papeles que daban marco legal a la "expedición rescate" fueron firmados casi sin mirarlos por sus amigos y compañeros presentes allí. Darío, Ignacio y Héctor asumieron una locura de responsabilidades. Por ejemplo, firmar una caución para responder por casi un millón de dólares ante la eventual pérdida de hombres y máquina. En un recreo a la tensión, cuando ya sabían que la cosa se ponía en marcha, rieron de la posibilidad de perderlo "todo"... Ignacio dijo, en voz baja, "para que no se enteren estos milicos hijos de puta", que tenía su casa hipotecada, el auto prendado y que solo podían embargarle hasta el 20% de su sueldo...

Luego, buscaron por teléfono la disposición de un dinero que había que dejar en depósito; al mismo tiempo *Colorado, Pollo, Manzana,* Osvaldo y Daniel Ubeda se encontraban organizando todo lo relacionado con el traslado en ambulancia y el protocolo de urgencia extrema para la internación de Fernando en el Sanatorio Horcones de Mendoza.

Mientras todo eso sucedía, Inés empezó a sentir un malestar inexplicable. O muy explicable, en su estado. Rápidos de reflejos en esa mañana, los muchachos la cargaron y la llevaron a la Clínica Géminis, cercana a la base militar. Un anciano médico, en la guardia, le dijo que estaba todo bien. Solo estaba un poquito angustiada. Con semejante séquito, el doctor preguntó quién de todos era su marido para hablar en privado. Había que estar en esos cuerpos en ese momento... Darío tomó la iniciativa de explicarle al médico "algo", agradecerle su buena disposición y que muchas gracias, otra vez. Y partieron todos de nuevo hacia la base aérea.

Cuando llegaron a destino, se encontraron con una sorpresa: Olga, la mamá de Fernando, junto a sus hermanas Cristina y Coca, tías muy queridas por Fernando, estaban paradas frente al portón de ingreso. Ella estaba al tanto de que había un grupo junto a Inés en dependencias de la Fuerza Aérea tratando de conseguir un helicóptero.

Miraba hacia el interior buscando vaya a saber qué. Inés se le acercó y la abrazó. Justo en ese instante, de manera imprevista y en medio de un ruido ensordecedor, pasó sobre sus cabezas el Lama H-66 a toda velocidad en dirección a la montaña. La emoción embargó a todos por igual. La esperanza de sacar con vida a Fernando del Aconcagua comenzaba a hacerse realidad.

Al mismo tiempo, por un portón lateral salía raudamente un vehículo militar cargado con combustible, por si el helicóptero necesitara ser reabastecido en su trayecto de regreso, debido al alto consumo que solían tener en las incursiones por alta montaña con un clima desfavorable.

Normalmente, estos rescates se hacían temprano, por la mañana. Los mediodías en la montaña suelen ser ventosos y complicados para operar en el aire, porque cuando sube la temperatura el aire toma vuelo. Y cómo... Hay menos margen para todas las maniobras y en las tardes las condiciones ya son infernales. Casi es una regla no estar en altura cuando el sol empieza a voltear hacia el oeste.

Hablando de esto con algunos de los hombres de la fuerza, Inés pensó que si habría un milagro, esta anormalidad era el comienzo.

*

En la carpa sanitaria, el silencio estaba lleno de interrogantes. Los minutos pasaban y los planes estaban en el aire, literalmente. Pendían de la llegada del helicóptero. La vida de Fernando, más aún. La alternativa evaluada en algún momento fue bajarlo hasta Puente del Inca, unos 40 kilómetros más abajo, con escasas esperanzas de poder alcanzar el puesto con el hombre vivo.

Cerca del mediodía el oficial inspector Medina, integrante de la Patrulla de Rescate de la Policía de Mendoza, entró raudamente a la carpa para confirmar la salida de un helicóptero desde la IV Brigada Aérea, pero no podía asegurar un aterrizaje en Plaza de Mulas. En caso de poder acceder a la zona, si las condiciones climáticas se mantenían como estaban, solo podría realizar un único intento de aproximación y por unos pocos minutos. La máquina descendería en aproximadamente cuarenta y cinco minutos en el playón que se encontraba a dos kilómetros de la carpa sanitaria. Los más experimentados entendieron que solo podría lograrse el encuentro si se sumaban suficientes hombres dispuestos a producir un nuevo traslado del herido.

José empezó a reclutar gente otra vez. Algunos llevaban un día entero, y más, en actividad plena. Ya ascendiendo, bajando, en colaboración en algún punto del rescate, golpeados, nerviosos, cansados. Pero no había opción.

El doctor Gerez y su asistente Sánchez dispusieron los últimos detalles para preparar el traslado en las mejores condiciones posibles. Fernando nunca dejó de estar consciente de todo. ¿De qué sirve saber si eso era lo mejor o lo peor a esa altura? Importaba, sí, que eso indicaba un canal de comunicación superior. Hablarle a un tipo que se está muriendo y que él mismo aporte a su mantenimiento en vida, con su ánimo, con sus deseos de vivir, más todo el amor que había en ese lugar bajo diversísimas formas, no era comparable con una tarea aún estrictamente profesional pero carente del esfuerzo del actor principal. "La vida se sostiene en sus ganas", solía decir el *doc*. "Nosotros estamos obligados a acompañar", completaba.

Cada vez que llegaba algún herido, un sentimiento de confraternidad tomaba el lugar. Todos colaboraban, sin importar rangos ni historias. Todos eran útiles y bienvenidos, aunque por una lógica montañosa para ciertas tareas había jerarquías funcionales de hecho. Desde otra perspectiva, la curiosidad inicial se transformaba luego en información, experiencia o alerta, según la capacidad analítica de cada quien. No obstante, en todos los casos había un aprendizaje vivencial, de los que sirven.

En ese pequeño circo multinacional, universo andante, la sensibilidad está a flor de piel. Es un insumo para la eficacia de semejante empresa. Los que más saben, los profesionales, la entrenan para percibir pequeños avisos, detalles que pueden ser advertencias de la Naturaleza externa o de la propia, para estar atentos a lo que otros necesiten o para saber cuándo la presencia es tan útil como inexplicable.

Fernando estaba en los detalles de los preparativos a su manera. Miraba todo lo que pasaba y hablaba con bastante dificultad con el que le pasaba cerca, aunque fuera para compartirle una queja o una mueca de dolor. Era, notoriamente, el único inmóvil en varios cientos de metros a su alrededor. En algún instante, advirtió que el ruido se trasladaba hacia el exterior. Coincidió con el cierre de la carpa por un excesivo reflujo del viento, cuando había que terminar con su alistamiento.

Un momento después, ya bien ajustado a la camilla y en posición totalmente horizontal, fue testigo de un desfile memorable. Ocho caras curtidas por la fiereza del clima extremo ingresaron a la carpa. Gestos duros pero confiables, miradas certeras, calmas, amigas, un mosaico de razas. No podía haber contacto en palabras, más allá del estado de Fernando. Vidas mundanas, atraídas por la aventura, se resumían en ese instante solidario. Esa es la mayor dimensión del hombre, cuando no importa el color de su piel, el idioma de sus padres, la extensión de la cifra de su cuenta bancaria, el Dios al que responde ni las ideas por las que se moviliza. La apuesta del hombre por el hombre. No habría diálogo mejor que lo que decían esas miradas, prolongadas en brazos y músculos dispuestos. Los que pondrían en marcha la penúltima etapa de la gesta.

Un grupo de montañistas, porteadores, civiles y militares, más los conocidos, completarían enseguida el próximo tramo, hasta el playón. Ocho voluntades gigantes se dispusieron alrededor de la camilla, y a la voz de mando de José la tomaron con firmeza mientras alguien abría la puerta de la carpa de par en par. Cuando salieron de la carpa se encontraron con un paisaje conmovedor. Cientos y cientos de personas habían conformado un corredor humano para acompañar, de alguna manera, ese brutal esfuerzo que había que realizar contrarreloj. A medida que iban avanzando, recibían gritos y aplausos de aliento. Los necesitaban.

Una larga fila india, multicolor, atravesó en zigzag las pronunciadas pendientes. Doscientos, trescientos, o más. Al trote, ganando posiciones para reponer eslabones en la cadena. Cayendo, tropezando, abatidos, sin poder seguir, otros. Un coro desafinado de gritos y ánimos que no podía acallar al viento, pero se metía en sus recodos para hacerse energía. El esfuerzo fue mayor. Los desniveles se sucedían. Hasta hubo que cruzar dos ríos que bajaban bastantes crecidos. Se iban dando los relevos para no arriesgar a nadie más de lo necesario. Conmovedora marcha. Tanto como accidentada.

Una hora después, estuvieron en el playón. Un sol generoso los recibió, pero no logró evitar que el viento también acudiera a la cita. Tremendo.

En la majestuosa geografía los ojos se perdían en todos los nortes posibles, en la expectativa de atraer a la máquina salvadora.

Alguien gritó:

—¡Donde mierda está el helicóptero...!

*

Pasado el mediodía llegaron a Puente del Inca, siguiendo la rutina de volar sobre la Ruta Internacional N°7. Era el momento de evaluar rápidamente la situación y decidir. Pegar la vuelta, siguiendo las recomendaciones de la autoridad a cargo de la brigada, o intentar ingresar hasta Plaza de Mulas.

Las condiciones climáticas ya eran desfavorables. Castaño y Rucci lo sabían. Castaño también pensó de qué servía tanto entrenamiento y tanta experiencia acumulada, tantos ejercicios probando más allá de lo que la norma indica por si, algún día, alguna situación excediera los límites que esas normas de vuelo permitían. Ese día había llegado.

Castaño dirigió su mirada a Rucci haciendo un gesto afirmativo. Años volando juntos le permitían al veterano mecánico saber interpretar lo que significaba ese gesto del piloto. Con su mano izquierda levantó su pulgar hacia arriba y devolvió en silencio con la cabeza el mismo gesto. Iban por todo, conscientes de todo lo que arriesgaban si algo salía mal: sus vidas, la máquina y, más acá, sus carreras.

Para ganar tiempo se metieron por el canal principal, la ventana que ha dado al mundo la foto que es marca registrada del Parque Aconcagua. Lo que no sale en la foto es el viento que recibe al visitante.

Fue un vuelo crítico. Los vientos comenzaron a ser más fuertes a medida que se acercaban al punto de encuentro. La tensión acompañaba, sentada y callada, al capitán Castaño y al principal Rucci. Se hacía muy complejo entrar a la zona. Era una tripulación con mucha experiencia en montaña y que sabía cómo superar los inconvenientes que se les iban presentando. La cosa era que estaban todos los inconvenientes del manual.

Los distintos controles de vuelo se iban comunicando para seguir la trayectoria. Había una “zona negra”, en el que se perdía todo contacto radial. La volaron con relativa tranquilidad, en comparación con tramos más sencillos habitualmente. Con muchos viajes en cada lomo, piloto y copiloto tenían una calibración especial en sus ojos. Veían con el corazón. En algún punto, ese trabajo deja de ser profesional. O, mejor dicho, el hombre supera al profesional. En otras actividades, probablemente, también suceda. No es este un ensayo sobre eso. Pero hay momentos en que el profesional necesita del hombre más que de su técnica. Es cuando los valores tienen que sostener a la virtud. Quizás sea en la confluencia del riesgo extremo con la pericia para manejarlo sin perder nada en el intento. Desde otra mirada, es ganando todo y no perdiendo nada.

Menos de dos horas después de despegar, se aproximaban ciertamente a su destino.

*

La prepotencia del viento no pudo con el estrépito de los motores a pleno. Rara mezcla de ruidos en ese paisaje. Rara y excitante. El helicóptero venció la curvatura del empedrado y asomó su nariz. Estalló la euforia entre esos hombres y mujeres, tan sucios y limpios, a la vez, que me acompañaban en el playón.

Ahí estaba... esa máquina de color naranja había llegado para rescatarme. La vi asomarse de la nada y no tuve tiempo ni para la emoción. Solo alcancé a distinguir dos cascos y sendos uniformes. Por un instante, las fuertes ráfagas que cruzaban el playón buscaron desestabilizar la nave al momento del descenso. La pericia del piloto resolvió la situación, finalizando exitosamente la maniobra de aterrizaje. Castaño y Rucci, con gestos militares, descendieron rápidamente, interrumpiendo los festejos con señales claras. Había que actuar con rapidez debido al desmejoramiento del tiempo, que podía comprometer tanto el despegue y como el regreso. Ante la gravedad de mi cuadro, el doctor Gerez decidió sumarse al vuelo.

Entre los brazos de los que sujetaban la camilla y me acercaban al helicóptero una mujer asomó su cabeza y con acento español me susurró al oído:

—Que le hagan bloqueo del ganglio estrellado.

—Que le hagan bloqueo del ganglio estrellado —repitió con más fuerza. Y desapareció.

Acomodaron mi cuerpo en un reducido espacio, aseguraron las condiciones dentro de la cabina e iniciaron las maniobras de despegue.

La gente que me había traído hasta allí nos acompañó con sus miradas y brazos al viento. Aún en la distancia, pude observar sus lágrimas hasta que las mías me nublaron la vista de sentimientos. Con mi voz hecha girones le pedí al doctor su asistencia para devolver agradecimientos. Él me ayudó a levantar el brazo y dibujar en el aire una despedida gloriosa. Me prometí llevar esa gratitud y hacerla aprendizaje para el resto de mi vida. Lo que me quedara de vida.

*

El aparato apuntó hacia Mendoza. Enormes turbulencias pusieron paredes invisibles. El helicóptero osciló vertical, como olfateando alguna salida. Giró luego en busca de otra ruta, pero nuevamente apareció una barrera. Estábamos en una trampa de viento. La energía que había regenerado al saberme en camino hacia mi recuperación alcanzaba para absorber los atisbos del terror que me asaltaban.

En medio del ruido infernal que ocupaba toda la escena, escuché que el piloto se comunicó por radio para preparar una segunda tentativa de evacuación. Fuerza Aérea, en coordinación con Gendarmería Nacional, había previsto la alternativa de tener alistada una ambulancia en Puente del Inca y completar el traslado por tierra. Asimismo, habían dispuesto la partida de un vehículo con combustible para reabastecer la nave en lugar a determinar sobre la ruta internacional a Chile.

Castaño observaba la cantidad de combustible con que contaba para seguir. Intentó infructuosamente, en tres oportunidades, una comunicación con el vehículo que venía con el combustible para convenir un punto de encuentro para el reabastecimiento. Se comunicó con el puesto de Gendarmería en Punta de Vacas, para verificar si estaban listos para la evacuación con ambulancia en el caso de requerir esa alternativa. En este caso, las comunicaciones no fallaron:

—Estamos listos capitán —contestó un gendarme.

—La ambulancia ya se encuentra en el lugar acordado para recibir al herido y proceder de inmediato al traslado a Mendoza —agregó.

Sin embargo, el capitán Castaño, antes de optar por alguna de estas alternativas, decidió realizar un último intento, aún con un alto riesgo. La maniobra consistía en refugiarse de los vientos en la ladera del cerro, agazaparse, y ensayar el ascenso en una especie de salto felino. Las aspas, entonces, se acercaron tanto a las rocas que temimos lo peor... aun así, no logramos elevarnos lo necesario. El piloto exigió nuevamente al máximo los motores. La vibración fue horrible para mi cuerpo, pero estábamos en manos de dos grandes: Castaño y Dios. Confié en ellos.

La inversión de tanta energía devolvió altura y peligro. Los esquíes del helicóptero rozaron la cumbre y un instante después nos recibió un horizonte imponente y claro. El helicóptero comenzó a despejar el aire que se enfrentaba a su nariz. Los pilotos levantaron sus pulgares y dijeron algo parecido a una puteada.

A esa misma hora, unos cuantos metros más arriba, el suboficial escribiente de la Comisaría 23 de Uspallata dejó asentado en el acta que "siendo las 14.20 horas se hace presente el helicóptero Lama matrícula H-66, piloteado por el capitán Lucas Castaño y el principal Dante Rucci de la Fuerza Aérea Argentina. Y que a las 14.45, el helicóptero matrícula H-66, con el accidentado Fernando Ayala y el médico de campaña, doctor Pedro Gerez, parte con destino a la ciudad de Mendoza".

"Si es necesario, es posible", le gritó Castaño al cielo, levantando su puño derecho. No supe por qué lo decía.

*

TERCERA PARTE

11. FURIA DE TITANES Y DESPUÉS

¿Qué podría ser peor que ser ciego? No tener visión.

Helen Keller

La batalla no estaba terminada. Ellos sabían que hasta apoyar la nave en tierra había un camino largo. También sabían que estaban torciendo la muñeca del rival y que la pulseada empezaba a definirse en su favor. Pero un profesional cuenta entre sus valores a la disciplina, que es la madre de los logros. Y a la madre se le debe respeto.

Había sido una dura pelea llegar hasta el playón y tomar la posta en el operativo rescate. Castaño y Rucci tuvieron que superar la vacilación administrativa del enero militar, la angustia apremiante de los amigos y familiares del accidentado y sus propias inquietudes. Incluso, cuando todo eso fue pasado, cuando pusieron proa a Mendoza nuevamente, el viento de la joven tarde quiso jugar con ellos a un juego sinicstro.

Los tomó de las solapas y los metió en el juego antes que pudieran aceptarlo. Desafió su paciencia, equilibrio, aplomo, concentración y arrojo. Y a sus carreras profesionales. Vapuleó sus intenciones, para recordarles quién manda allí y que cualquiera que se atreviera a invadir sus dominios la pasaría mal. El viento de altura habla de muchas maneras, todas violentas. Es ágil para pegar y escapar y es muy inteligente como para dejarse sorprender. También para manejar el tempo. Presiona, ataca y, de repente, se guarda en algún rincón de las quebradas, simulando una desaparición, para volver cuando el visitante baja la guardia por un segundo.

Por todo eso, y por la desmesura del esfuerzo en ese escenario, se tiene bien ganado el mote de hijo de puta.

"¡Qué viento hijo de puta...!", gritó Castaño cuando estaba en plena lucha para salir de la tremenda turbulencia con su carga urgente. Por escasos segundos perdió la concentración y nada más. Su pericia se sostuvo en una fina sensibilidad para gambetearlo y hacer bailotear la nave delante de su imponencia. El helicóptero eludía los manotazos para salir de su alcance. Y lo logró.

Cuando, por fin, se aliviaron de la furia del viento, se presentó un horizonte abierto. La pared rocosa mutó a un cielo celeste y profundo, sin límites a la misión de entregar la posta a otros especialistas. Ya habían descartado bajar en Puente del Inca. Esa era una de las posibilidades previstas y para la cual estaba preparado el dispositivo de recepción y traslado por tierra, en ambulancia. Ciento ochenta kilómetros con un tránsito cargado por la temporada alta insumirían unas dos largas horas, larguísimas, para el estado del accidentado.

También desecharon la alternativa de encontrarse en algún lugar de la ruta 7 con el vehículo que traía el combustible para reabastecimiento, simplemente porque nunca pudieron establecer comunicación con él. Decidieron volver a dejar de lado las normas.

La vía aérea de uso común era sobrevolando la Ruta Internacional Nº7, para facilitar la continuación inmediata del operativo por el medio terrestre si hubiera necesidad de un descenso de emergencia. Eso implicaba un recorrido en kilómetros (y tiempo) que ponía en riesgo la llegada a destino con el combustible remanente. El consumo en las maniobras de escape había sido elevado, superior al previsto. Sin posibilidad de reaprovisionamiento, la única opción era tomar los controles con firmeza y enfilar lo más directo posible hacia el destino, sin ocupar un metro de recorrido más allá de lo necesario. Eso significaba, sin vueltas, volar en línea recta hacia la Brigada Aérea, violando reglas y costumbres y tomando la absoluta responsabilidad por la decisión. Así lo hicieron. Pero no estuvieron solos al momento de resolverlo. El viento, aquel enemigo en la montaña, había caído rendido ante la maestría de estos hombres. Con la humildad de los grandes, aceptó su derrota y se puso a las órdenes de Castaño y Rucci. Después de la furia con que pelearon los titanes, fueron aliados en la hora siguiente. Una corriente de aire majestuosa abrazó al helicóptero y lo acompañó, suavemente, a devorar el espacio. Algo parecido a la alfombra mágica de los cuentos infantiles. Solo que ésta fue real.

*

En la Base Aérea estaban al tanto de todo. Los esperaban con la ambulancia, un médico, un enfermero y todo el personal propio afectado a estos operativos, con la normal tensión profesional. Normal es una manera de explicar un estado que ya había pasado por la mayor incertidumbre, cual era si podían llegar al punto de encuentro y subir al accidentado. Estimaban el tiempo de llegada dentro de los próximos minutos. También los amigos de Fernando y su esposa sabían de las novedades y se encontraban aguardando el arribo del helicóptero en un sector de la pista donde les habían indicado que podían permanecer.

Castaño observó con frialdad el instante en que se prendió en su tablero de controles la luz roja indicando que ya estaban volando con la reserva de combustible. Quedaban 15 minutos de vuelo, aproximadamente, con esa carga. Calculaba cada corrección de rumbo, mínima, con la misma prudencia con que se dan los pasos sobre las piedras sueltas en la montaña.

Fernando miraba lo que podía, que no era mucho. La carlinga del helicóptero Lama es de una forma ovoide y casi totalmente vidriada, solo interrumpida por una ligera estructura metálica. La camilla iba montada sobre unos enganches en el piso, a la derecha del piloto y pegada a la puerta de ese mismo lado, por lo que el *pasajero* tiene una amplia visión de lo que pasa arriba, a su costado y frente a su cabeza. Fernando venía envuelto en una bolsa y una manta, de modo que el horizonte se reducía a lo que había sobre su costado derecho, nada más, espiando entre todo ese ropaje.

Alcanzó a descubrir que ya iban pasando sobre zonas urbanas. Trataba de identificar algo, en una vaga e inestable consciencia. En medio de esas cavilaciones, escuchó a Castaño diciéndole algo a Rucci sobre el combustible. Nunca se enteró que la luz de control de su nivel estaba titilando, y que eso indicaba que solo quedaban 5 minutos de vuelo. La torre de control ya lo sabía, enterada por un código técnico específico que ya había transmitido el piloto.

Cuatro minutos después, el helicóptero naranja apoyaba sus patas en tierra. El viento suspiró, habiendo cumplido con entregarlos sanos y salvos. El personal en tierra tomó el control de la situación.

Una ambulancia se acercó, raudamente, a la nave. Detrás de ella, los allegados a Fernando queriendo reencontrarse con él, corriendo, con la garganta anudada y la tremenda incertidumbre de no saber si estaba con vida. Con rápidos y precisos movimientos, seis hombres de la brigada sacaron la camilla del helicóptero, cuando sus aspas aún no habían acabado de girar. Solo se podía ver un cuerpo todo envuelto.

Minutos después, Castaño, apoyado en la cabina vacía del Lama H-66, miró al cielo, cerró sus ojos y le agradeció a su Dios. Rucci pasó por detrás y lo palmeó, soltando un firme "¡Bravo, capitán...!" y se dedicó a revisar cuestiones mecánicas junto con un par de asistentes.

Fue posible porque era necesario... Una vez más, una misión del escuadrón de helicópteros de la 4ª Brigada Aérea terminó con éxito. Esta vez, pasando por alto varias normas y procedimientos, retando límites y extremando la voluntad.

Un año después, gracias a todo lo que pasó en este rescate, se estableció una guardia permanente de un helicóptero y su tripulación en el Parque Aconcagua, más todo el dispositivo protocolar y logístico necesario para eventualidades como esa. Para facilitar los operativos y asegurar resultados sin exponer a riesgos extremos a ninguno de los involucrados.

Dos años después, ese helicóptero y otros hombres del escuadrón terminaban sus servicios en un paraje del sur mendocino, cuando iba rumbo a una operación de rescate. Un final que no fue feliz como tantos otros.

*

En el trayecto hacia la ambulancia, Inés pudo observarlo. Estaba sucio, con la cara quemada y manchada y un gesto desencajado. Revoleaba los ojos y hablaba con poca claridad. Repetía que podía mover los pies y los movía, como si quisiera que alguien pudiera comprobarlo. Estaba intentando transmitir tranquilidad cuando no la tenía. Como cuando les dijo que otros se habían caído y no la podían contar como él.

La ambulancia se abrió paso a toda sirena hasta la guardia del Sanatorio Horcones, unos cinco kilómetros hacia el sur. Un ballet de uniformes blancos y celestes recibió al accidentado. La camilla rodó por un pasillo infinito, despejado por los gritos de camilleros, enfermeras y médicos, hasta la sala de guardia. Las luces del corredor se sucedieron como ráfagas en la mirada difusa de Fernando, que encontraba de a ratos algunas caras conocidas.

—Estoy bien, no se preocupen… ¡pero de verdad estoy bien!

Una y otra vez repitió esa frase hasta los confines de su voz.

Uno de los rostros era el del *Colorado*, miembro original de la misión que estaba concluyendo en esos minutos. Cuando pudo se acercó hasta Fernando, aprovechando que, aparentemente, estaba consciente para hablar algo.

—¿Cómo estás, hermanooooo...?

—*Colo*, me caí, no sabés, es impresionante todo lo que pasó veníamos subiendo me volví loco y bajando me desbarranqué...

—¡Pará, hijo de puta! —lo cortó, porque hablaba sin respirar.

—Contame cómo te sentís, qué te duele, nada más... —y apoyó una mano sobre su pecho, antes que lo sacaran del medio por la misma vorágine del traslado.

*

En la escena de la sala de guardia del Sanatorio, que ya estaba bastante cargada de demandas, la llegada de este accidentado no fue común. En pocos minutos, se había reunido allí un pequeño ejército de amigos y compañeros del gremio bancario, familiares y otros allegados. Nerviosos, inquietos, nada respetuosos de los carteles y advertencias, algunos de ellos. Un alboroto que estaba buscando su cauce por esos pasillos.

Las primeras acciones en la urgencia corresponden a una exploración rápida, en la que se recogen antecedentes, alergias, precauciones y el paciente es clasificado según su gravedad y derivado al servicio especial. Esta etapa fue caótica, porque mientras la voz rigurosa era la del doctor Gerez, el tutor de su estado desde la carpa sanitaria, la gruesa columna de acompañantes iba ocupando posiciones a su paso.

Los médicos decidieron la batería de estudios inmediatos para chequear condiciones respiratorias y cardíacas, relevar fracturas y hemorragias, mientras los enfermeros le practicaban los controles de signos vitales, lo canalizaban para suministrar calmantes y sueros y producían las primeras referencias para diagnóstico.

En un descanso de todo ese jaleo, el *Pollo* aprovechó y colocó su celular sobre la oreja derecha de Fernando. Era Daniel, su hermano del alma, desde Miramar, a más de 1.400 kilómetros de ahí.

—Hermano, estoy saliendo para allá —le dijo sin ocultar su desesperación.

—¡No!... Yo estoy bien, no te vengas, seguí tus vacaciones... ¿me escuchás...? ¡no te vuelvas! —le gritó.

—¿Estás seguro?, si me dicen que estás mal... —insistió, sin filtros.

—Quedate tranquilo, Daniel, vos me conocés, si te necesito yo te llamo para que pegues la vuelta, te lo prometo. Volvé a tus vacaciones y nos vamos hablando, chau hermano… un abrazo…

—Bueno, pero cuando nos comuniquemos decime toda la verdad. No seas boludo, vos sabés que largo todo a la puta que lo parió y en horas estoy allá.

—No te preocupes, hermano, te mando un abrazo, cerró Fernando, casi jadeando...

De mala gana, Daniel retomó sus vacaciones, que apenas sumaban dos días. Recorrió en sentido contrario los kilómetros andados a desesperación e impotencia.

*

Inés acompañó a la ambulancia en el auto de Ignacio. Cuando llegaron al Sanatorio Horcones, reprimió su angustia dejando que los muchachos hagan los primeros movimientos. Especialmente, porque los estaban esperando otros compañeros y amigos y entre ellos resolverían mejor esos primeros momentos. Miraba desde una prudente distancia.

Cuando empezaron a ordenarse las cosas, en un momento se acercó a la camilla y volvieron a estar cara a cara. Fernando le devolvió una mirada desconocida para ella, entre confundida y alterada. "Perdoname", alcanzó a escucharle. "Estoy bien... Puedo mover los pies, ¿ves?". No le respondió, solo lo contemplaba. Hasta que un par de brazos se interpuso entre ambos; un enfermero lo llevaba rumbo a la sala de rayos.

Ella se quedó allí, viendo cómo lo llevaban. Sus ojos se cruzaron con otras caras, algunas conocidas y otras no, que iban llegando para ponerse al tanto de lo que había pasado y pasaría. En algún momento se sintió sola. Si bien nunca lo estuvo, los amigos y compañeros del gremio se buscaban entre sí y se repartían las primeras tareas y los trámites por la internación de Fernando.

Se sentó en un banco, sobre el pasillo previo a la guardia del sanatorio. Haberlo visto le había bajado un poco la angustia. Pero empezaba a despuntar otra sensación, irreconocible, mezcla de varias. ¿Cómo serían los próximos momentos, días, semanas? ¿Qué sería de la nueva vida? ¿Habría nueva vida?

*

El doctor Gerez se enfrascó en una reunión con un par de médicos de la guardia y otros dos profesionales enviados por el gremio bancario al sanatorio. Estaría allí por el resto de la tarde, para volver al amanecer siguiente a su puesto en la carpa sanitaria. Gracias a Dios, a nadie más se le ocurrió caerse ese día, porque en el puesto de atención primaria solo había quedado el paramédico, Juan Sánchez. Otra anormalidad que se consumó en la historia de estas gentes.

Los primeros informes de los estudios iban confirmando la evaluación original y agregando detalles. Hasta ese momento, había chequeada una luxación en el hombro derecho, estallido de pelvis con cuatro fracturas de cadera, una más en la clavícula izquierda y la última en la región cervical. Estaban analizando la gravedad implicada en ese oscuro color de antebrazos, manos y pies.

Todo indicó el destino de una internación urgente a terapia intensiva. Ajustaron los detalles pertinentes y allí fue derivado el accidentado. Pero había una preocupación paralela: ¿cómo parar a esa horda que rondaba por todo el sanatorio?

*

Necesitaba hablar, contarles a todos ellos lo que había pasado. Un impulso interior, no sé si mental o emocional, me pedía justificar que lo que había pasado no fue un fracaso personal. Que entendieran y me perdonaran. Que yo estaría bien y no sería un problema para ninguno de ellos y que pronto estaría de nuevo en todos mis puestos de atención. Todos me habían ayudado en la preparación, habían cubierto mis espaldas, habían aceptado mis ausencias, habían colaborado en mi entrenamiento, me habían acompañado en espíritu y acciones. Y yo les había fallado. No había llegado a la cima. Más allá de mis dolores y molestias físicas, me dolía estar en ese lugar, en esa posición y con todos ellos escuchando mi testimonio derrotado. Pero no era así, no fue fracaso. No me dejaron, me bajaron, yo quería llegar, estaba ahí nomás… a menos de doscientos metros…

El personal del sanatorio intentó, a los gritos y hasta forcejeando, separarme de mis afectos cuando me introdujeron en la unidad de terapia intensiva. Lo lograron momentáneamente. Yo maltraté a una de las enfermeras por eso. Al cruzar el área restringida, ella se acercó hasta mí, bajó su cabeza para crear un clima de intimidad entre ambos, y me dijo en voz baja:

—Señor Ayala, usted aquí no manda. ¿Me entendió, no? ¡Usted a mí no me manda!

Enseguida, la puerta se abrió de par en par. Eran mis amigos, Osvaldo, Darío, Daniel Ubeda, Ignacio y Héctor que irrumpieron en la sala de manera vehemente, dejando perplejas a todas las enfermeras.

—¡No pueden entrar, salgan de aquí...! —reclamó airada una de ellas.

Ellos no gastaron palabras en responderle y solo atinaron a rodear la camilla.

—Flaco, tranquilo, nos vamos a hacer cargo de la situación —dijo Daniel con firmeza.

Osvaldo, Darío, Ignacio y Héctor asintieron con miradas cómplices.

—¡Retírense, no pueden estar un minuto más acá! —bramó otra enfermera.

Ellos se alejaron, esta vez, y en la retirada le devolvieron cinco miradas desafiantes. Quedó muy claro que estaban dispuestos a asumir el control de todas las situaciones, hasta el final que ninguno conocía. Ese apoyo me devolvió mucha confianza.

*

—Bloqueo del ganglio estrellado, eso me tienen que hacer —le dije muy certeramente a uno de los médicos que me estaba revisando.

Había recordado lo sugerido por una española en los últimos instantes anteriores a ser puesto sobre el helicóptero. Inaplicable en la carpa del puesto sanitario de Plaza de Mulas, aquí sí podían hacerlo. Y debían hacerlo. Porque esa es una técnica, lo supe después, para aliviar el dolor en extremidades superiores y zona cervical, además de las consecuentes cefaleas producidas por aquellos. Mi imprudencia tuvo la respuesta inmediata y lógica de una leve actitud de rechazo en primera instancia y, al mismo tiempo, de gran sorpresa, tanto que no pudieron descartarlo.

—Usted descanse, ya vamos a ver —dijo el médico, tratando de tranquilizarme.

Mientras tanto, quienes aguardaron en el pasillo paulatinamente se fueron constituyendo en protagonistas de la situación. Tomaron contactos con los médicos, informaron a los recién llegados sobre el cuadro de situación y hasta hicieron declaraciones a la prensa sobre lo acontecido. Tal organización les permitió planificar los pasos futuros al tiempo que estuvieron atentos a cualquier hecho que se pudiera presentar. En los descuidos de las enfermeras, ingresaban nuevamente a terapia intensiva para acercarme más palabras de aliento y, además, comenzaron a organizar la visita de las personas que yo deseaba ver.

*

Las primeras administraciones de calmantes me mantuvieron en un estado general de inconsciencia. Por esto, en un primer instante, me resultó imposible interpretar la situación ante una visita inesperada. Un hombre desconocido, vestido de uniforme, ingresó a la sala:

—Solo quiero decirle una cosa, señor Ayala, defienda sus manos.

Ante mi desconcierto, siguió:

—Yo pasé por una situación muy similar a la suya hace algunos años atrás, ¿ahora me entiende? Por eso, disculpe que le repita: defienda sus manos hasta el final —subrayó su última frase y se retiró.

Luego del efecto de la medicación me enteré que se trató del comisario Luis Parraviccino, jefe de la Patrulla de Rescate de la Policía de Mendoza, quien había sufrido lesiones del pie por congelamiento en alta montaña.

*

Esa noche se sucedieron visitas de todo tipo. Todavía impactado por el testimonio del comisario Parraviccino, se presentó otra persona hasta entonces desconocida, el doctor Ibazetta, responsable general del puesto sanitario de Plaza de Mulas. Se mostró muy interesado por cada detalle de mi evolución. La charla amena se interrumpió cuando entraron el anestesista y el cardiólogo y se dirigieron directamente hacia mí. Venían para hacerme el bloqueo del ganglio estrellado.

Ahora que iban a darme el gusto de acceder a mi pedido, no podía resistirme. Aproveché la presencia del doctor Ibazetta, que acababa de conocer en detalle toda mi historia, y que tenía experiencia en tratamientos postraumáticos como el mío. Observé un gesto afirmativo en respuesta al desamparo de mi rostro. Esta seña bastó para que me dispusiera a lo que fuera aquello.

Se trata de una técnica anestésica, para aliviar dolores crónicos que no pueden ser controlados por otras vías o que, en esos casos, la medicación puede afectar a otros órganos. En el caso de Fernando, se buscaba atacar los efectos de los desórdenes vasculares en los pies, manos y espalda, frutos de la exposición al frío intenso y el contacto prolongado con la nieve.

El ganglio estrellado es una estación neuronal que forma parte del sistema nervioso simpático, por lo que su bloqueo evita la propagación de impulsos dolorosos cada vez más agudos en el proceso posterior a un congelamiento, por ejemplo. Una de los métodos aplicados, el más extendido y seguro, es el paratraqueal, por el que se interviene con la solución anestésica en la zona de la nuez, más precisamente en un punto entre la arteria carótida y la tráquea. Allí se accede a una vía nerviosa que recorre en forma paralela toda la columna vertebral.

Un numeroso grupo de médicos residentes pobló la sala para observar la novedad. Como sujeto de la intervención solo pude apreciarla como una espantosa tortura, en la cual jugué el papel de víctima y mentor. La didáctica del anestesista concentró la atención en observar mis próximas reacciones antes de aplicar cada paso del método.

Su inmensa aguja sobre la nuez de mi cuello se convirtió en control remoto de todos mis músculos. Unos instantes antes de introducirla por primera vez predijo la caída del párpado izquierdo. Síndrome de Horner, apuntó. Tal cual, inmediatamente perdí la mitad de la visual. Luego retiró unos milímetros la aguja, pronunció unas palabras mágicas, alteró en algunos grados su dirección, y nuevamente ejecutó. Una irradiación de calor asaltó mis extremidades. Eso era otra de las reacciones esperadas, confirmatorias del progresivo éxito de la aplicación. Me sentí una marioneta de sus artes. La sesión se extendió una hora, un siglo, una eternidad. Afuera, mis amigos, fieles custodios, soportaron impacientes la vigilia sumergiendo sus nervios en café.

Una vez que finalizaron su tarea, los dos profesionales se retiraron sin decir una sola palabra. Brutal frialdad contra mi tremenda necesidad de calidez. Ahora, había que esperar los resultados de esta cruenta sucesión de pinchazos.

Así llegó a su fin mi primera noche en terapia intensiva.

*

En los días siguientes, Fernando vivió horas espantosas. Los dolores, las molestias, la gravedad y la inestabilidad de su cuadro general espoleaban las esperanzas de sobrevida. Sus allegados no se reponían de la sorpresa y no sabían qué podían hacer para colaborar, más allá de los buenos deseos.

Patricia, la hermana de Fernando, entendió que algo había que hacer desde su fe católica. Si bien sabía que con su hermano no compartían la misma intensidad en su creencia, no sería malo de todos modos encomendar su alma al cielo. Convocó a un sacerdote conocido para que lo visitara. Cuando contó de su angustia y del estado de situación, el cura le indicó la necesidad de aplicar la unción de los enfermos o extrema unción.

Según el rito cristiano, por este sacramento le es concedida al enfermo una gracia especial, eficaz para fortalecerlo y reconfortarlo en su enfermedad, y prepararlo para el eventual encuentro con Dios. La Iglesia recomienda que se lo provea al comienzo de la enfermedad o cuando el estado del paciente no sea terminal, para que pueda recibirlo con lucidez y con fervor, porque la unción ayuda también, si así Dios lo quisiera, para superar ese mal.

Ese acto requiere un clima de recogimiento que solo era posible a última hora. Así fue que el cura llegó, acompañado por Patricia, y se le permitió su paso hasta la sala de terapia intensiva. Cargaba muchos años y ese gesto severo de los curas viejos, que parece quedarles, tal vez, después de dar tantas bendiciones y ver cómo anda el mundo.

Ingresó solo. Sin mediar palabras, después de un mínimo saludo, ubicó sobre una pequeña repisa los recipientes con los óleos sagrados y se dispuso a comenzar el protocolo.

Fernando estaba en un estado cuasiensoñado. Pocos minutos antes había recibido las dosis nocturnas de calmantes, las más fuertes, y sus funciones comprensivas estaban reducidas a guardias mínimas. A la confusión por esa presencia, aún sin saber para qué, sobrevino la única interacción entre ambos. El cura le hizo la señal de la cruz sobre la frente, pronunció para sí una invocación indescifrable y le dijo que iba a suministrarle la unción de los enfermos, y que el primer paso del rito requería confesarlo, liberarlo de sus pecados. Los ojos de Fernando le devolvieron una mirada entre piadosa y turbada, sin que ninguna palabra la acompañara. El cura esperó unos segundos e insistió, experto en estas lides. Fernando también insistió, pero esta vez con la mirada más directa y meneando suavemente la cabeza. Era no. Cuando fue por el tercer intento, recibió el no en un castellano gutural. Y chau. Había demasiado dolor en su cuerpo para creer que, además de sufrir esa destrucción física y anímica, debía confesar sus pecados. Su humanidad destrozada era suficiente testimonio, era su confesión. El religioso entendió que debía juntar sus cosas y partir, cosa que hizo.

Fuera de la sala, cuando comentó lo sucedido, Patricia le pidió disculpas y lo llevó de regreso a su parroquia.

*

12. UNA SALA NADA COMÚN

Un líder es un negociador de esperanzas.

Napoleón Bonaparte

En la mañana del día siguiente, Sergio Palazzo, el secretario general del gremio en Mendoza, convocó a varios de sus colaboradores y a todos los profesionales involucrados en forma directa con la atención de Fernando, tanto funcionarios y médicos de la Obra Social. En medio de los comentarios sobre la gravedad del estado del accidentado, las acciones posibles y los informes técnicos de los profesionales, pidió exponer la doctora Lucero, quien afirmó que la salud del paciente estaba muy comprometida y que cualquier esfuerzo sería en vano, porque en cuestión de horas el desenlace sería su muerte. Nadie de los allí presentes, incluidos sus colegas, arriesgó a ofrecer otra opinión. Fue como si el silencio general hubiera oficiado de acta del encuentro.

Sergio rompió el momento apelando a su amistad con Fernando. Les dijo que no esperaría de brazos cruzados el final aludido. Recordó el tiempo que llevaban juntos y las vivencias que los habían convertido en amigos más que en compañeros de actividad gremial. También habló de los cojones del flaco y que no se entregaría así nomás. "Si las piedras no pudieron con él, tenemos una gran oportunidad", alentó a esa gente para cambiar el ánimo flotante después de las secas palabras de la médica.

Recordó que había pasado por un primer sentimiento de sorpresa y conmoción cuando se enteró de la noticia, para luego embroncarse y, finalmente, sentir incertidumbre por desconocer casi todo lo que estaba sucediendo. Nadie podía darle más precisiones. Con todas esas sensaciones en el cuerpo, pidió esa reunión. Y la cerró agradeciendo a todos que no se dejaran tomar por la idea de un pronóstico único e irreversible. Mirando a los compañeros más cercanos, y levantando al techo el dedo índice de su mano derecha, les recordó la frase que Fernando hiciera su muletilla: lo obvio no existe.

—Está mal, pero no es obvio que se va a morir. No lo vamos a dejar morir…

Y siguió, ganándole de mano al silencio de la sala. "El flaco es como esos noqueadores que, aún heridos y maltrechos, durante una pelea nunca piden que le tiren la toalla. No. Por el contrario, piden un round más, porque tienen la ilusión de ganarle a la adversidad. Él siempre fue un noqueador. Nos está pidiendo una oportunidad más y se la vamos a dar".

*

En el sanatorio, continuaba el desfile de amigos y compañeros. El doctor Diego Perales tomó el caso. A medida que avanzaban las horas y se iban registrando las primeras reacciones del organismo a la medicación, se empezaba a delinear la siguiente etapa.

"Hay que hacer un tipo de cincha", le explicó Perales a sus colegas y a la tribuna de amigos que seguía la conversación. Se debía armar un sistema que permitiera levantar su cuerpo a una altura suficiente para que las cuatro fracturas de la cadera se fueran soldando naturalmente, por efecto complementado del propio peso de Fernando, la tensión de la cincha y la compresión consecuente desde los costados.

Daniel Ubeda y Osvaldo dispusieron de sus capacidades e ingenio para resolver el problema. No tardaron más de una hora en regresar con lonas, listones y cuerdas. Ingresaron a la sala como actores de una película de acción y se dispusieron a montar esa cosa. El médico y dos enfermeros sumaron su ayuda para dar con la funcionalidad del conjunto. El resultado fue un aparatoso mecanismo bastante rústico y complejo de manipular, pero al menos parecía cumplir con su objetivo primario.

Los mayores inconvenientes estuvieron en que frecuentemente tenían que bajarlo para aliviar los intensos dolores que le provocaba estar en esa incómoda posición. Al menos cuatro personas debían estar preparadas siempre que fuera necesario para facilitar sus movimientos y evitar accidentes. Sobre los extremos de la cama se apilaron almohadones para permitir el reposo de la cabeza, hombros y pies. Aquella posición implicaba una incomodidad terrible y, con ella, aparecieron dolores generales que solo encontraban efímeros alivios en la continua provisión de calmantes.

Luego de casi tres semanas, controlado hemodinámicamente y con una tendencia lenta pero progresiva a ir aventando el riesgo de vida, hablaron de sacarlo de la sala de cuidados intensivos. Ya no tenía sentido mantenerlo allí. Además, el alboroto de sus allegados, fuera y dentro de la misma, sugerían el traslado a una sala intermedia, o una sala común acondicionada para lo que vendría. Una solución para todos.

*

Adriana Figueras era una de las enfermeras más experimentadas del piso. Morocha, de carácter amable pero firme, ya sabía de la novedad. Un accidentado en alta montaña, con un cuadro complejo, que demandaría de cuidados minuciosos. Un caso de cuidado, un desafío a su profesionalismo. En realidad, para alguien con su carrera todos los casos eran de cuidado. No había ninguno *fácil*. Nunca se sabe cuándo puede irrumpir alguna complicación, inesperada, sin importar el cuadro original del paciente. Por ejemplo, una infección intrahospitalaria.

Otro tema, también de características imprevisibles, son los allegados al internado. Algunos son muy cargosos, otros son cómodos y hay gente que se altera en ese ambiente. En general, la mayoría pasa desapercibida para las enfermeras. Si no es por alguna necesidad puntual, ellas están entrenadas para poner el foco en sus prácticas, semblantear a sus pacientes y estar atentas a eventuales señales de sus estados. La cotidianeidad en el trato con el más allá las mantiene versátiles en su sensibilidad. El dominio en ese campo es una clave profesional. A veces parecen frías, distantes y hasta poco atentas. Muy lejos de eso, aunque las formas digan otra cosa. Es su adaptación a un ambiente hostil: superarlo o dedicarse a otra cosa.

Adriana percibió que algo distinto había alrededor de este tal Fernando. Su caso podía resolverse o no, encaminarse hacia la puerta de adelante o la de atrás. No era eso. Había un rumor recorriendo los pasillos que se acercaba a su piso. A la conmoción que acompaña a cualquier accidentado, un poco más en los casos de andinistas, le habían llegado los comentarios sobre un grupo de tipos bastante insoportables que se mantenían siempre muy cerca del paciente. "A ver si pueden conmigo", pensó, y sonrió secamente.

La mañana siguiente entraron en su historia.

El primer contacto con Fernando fue muy profesional. Lo notó molesto por los dolores, incómodo, quejoso. Le ofreció una charla de estilo, tratando de ser amena. Ahí se enteró que "nunca había estado internado por nada", "que estaba cansado ya de tanto manoseo y que esperaba irse pronto a su casa...". Luego, escuchó una muy resumida versión de lo sucedido y, a continuación, sobrevino la presentación del séquito. De movida, había cinco personas, todos hombres.

Las miradas que se cruzaron fueron menos que amables. Se olieron, más que mirarse. O se midieron.

—Señores, les voy a pedir colaboración, porque nos esperan unos cuantos días de convivencia. Me han dicho que en terapia intensiva hubo problemas con ustedes. Por favor, aquí no quiero dificultades. Somos todos gente grande y si nos respetamos, vamos a andar bien. Si no, nuestra prioridad es el paciente y haremos lo que hay que hacer para su tranquilidad...

Los hombres estaban desorientados ante la osadía de esa mujer que, brazos en jarra, los encaraba con inusitada firmeza... Tal vez los tomó por sorpresa, pero ninguno hizo más que asentir con algún refunfuño. Fernando quiso aclarar algo con ella, pero tuvo que guardarse las palabras.

—Usted es el que más tiene que colaborar, ¿entendió? Y Fernando entendió.

Nora, la enfermera referente en el otro turno, hablaba el mismo idioma.

*

En adelante, serían muy pocos los espacios de soledad. Los muchachos se organizaron de manera muy precisa para acompañar mis horas. Acordaron dividirse la tarea en tres turnos de ocho horas para cubrir también los espacios de la noche. Mis compañeros del trabajo ocuparon las horas de luz y mis amigos más íntimos, las veladas nocturnas. De esta forma, distraía mis mañanas con el ajetreo diurno del sanatorio y reservaba las confidencias de angustias y otros pensamientos para las horas de quietud. Para cerrar cuentas sumamos cuatro los habitantes de la sala común, en el menor de los casos, ya que el elenco estable se formó con dos enfermeras, un acompañante y yo.

A medida que pasaban los días y todos nos íbamos acostumbrando a esta nueva forma de transcurrirlos, la sala fue mutando en mi oficina. La normalidad de movimientos administrativos en ese lugar crecía en relación inversamente proporcional a la paciencia del personal. Por si no bastara con la gente allegada, mi caso atraía a profesionales y estudiantes de diversas especialidades, atentos al rosario de patologías concentradas en un solo cuerpo. Una tesis viviente, casi. Clínicos, cirujanos, infectólogos, traumatólogos, urólogos, dermatólogos, neurólogos y más, invadieron mi espacio más íntimo, cuerpo y mente, para apagarme de por vida todo atisbo de pudor.

El caos se alimentó con las sucesivas visitas de otros profesionales, externos al staff del sanatorio, recomendados por amigos y parientes. Hubo diagnósticos y consejos para completar varios libros, todos pretendidos de ser escritos sobre mi piel.

En medio de tanto estudio, a todos se les escapó una tortuga gigante. Una noche, mientras uno de mis amigos estaba en una de las rutinas de higiene, le pedí que me mirara la espalda porque sentía una molesta picazón, que por momentos se cargaba de ardor y alguna puntada. Me dio vuelta y observó una inmensa y oscura mancha, que supuraba, y se extendía en unos veinte por cuarenta centímetros. Tuve en su gesto una medida del espanto por la novedad.

Convocó a las enfermeras, que no reconocieron inmediatamente de qué se trataba. Su primera respuesta fue que se lo transmitirían al médico en la visita matutina. Pero mi amigo no entendía esos mensajes. Insistió, porque recién eran las 2 de la madrugada, argumentando que cómo no se habían dado cuenta antes y que a simple vista "eso" no era una manchita inofensiva. A simpe vista y a simpe olfato, porque olía muy mal. Era una razón contundente. Decidieron, entonces, llamar a un médico.

Se diagnosticó una gran escara por congelamiento, producto de una quemadura profunda. Fue el prólogo a una fiebre que levantó varios números. El médico ordenó realizar un cultivo, que confirmó infección en la zona. La jefa del servicio de Clínica Médica del sanatorio actuó rápidamente y convocó a un ateneo, con todos los otros profesionales afectados a mi persona. Ellos determinaron una serie de intervenciones, que se iniciaron con la limpieza total de la escara de mi espalda.

Una nueva experiencia me esperaba: conocer el quirófano. Nos haríamos amigos con el correr de las próximas semanas.

*

Inés recibió un llamado del guardaparque del Aconcagua para preguntarle por la salud de Fernando y combinar la entrega de sus pertenencias. Un par de días después, dos hombres la visitaron en su casa y entregaron todos los elementos y ropas recuperadas. La charla fue breve y formal, no exenta de algún comentario que reflejaba lo excepcional de la operación de rescate, por varios motivos. Los escuchó sin poder tomar la dimensión de lo que le estaban contando. No eran personas muy emocionales y ella solo tenía algunas vagas referencias de lo que había pasado.

Entre las cosas que recibió, en un bolso marrón grande, reconoció algunos elementos que ya había visto en la previa a la expedición. Ropa y accesorios, con huellas del uso. Cuando vació el bolso, como última comprobación lo dio vuelta, por si alguna cosa se hubiera quedado enganchada en un rincón mañoso. Entonces, vio caer algo que reflejaba la luz del sol, como queriendo destacarse en ese revoltijo de prendas. Era una placa, en la que se leía el nombre completo de Fernando y la fecha del ascenso... Varias sensaciones fluyeron hacia sus manos. La acarició con suavidad, la recorrió lentamente con la mirada, y hasta le pareció sentir algún aroma, mezcla de aridez y viento helado. No pudo, ni quiso, retener algunas lágrimas, que rodaron hasta salpicar la placa, a discreción.

Las lágrimas no siempre tienen claro su origen pero sí su destino. Todos creemos que lloramos por algo o alguien, ¿pero qué cosa es la que las suelta? La razón inicial, la que dispara la orden, no es evidente. Sí lo es el destino de esa emoción, la acción que reparan (o intentan hacerlo, al menos) esas gotitas saladas. En un gran número de casos, la reparación tiene que ver con bajar la presión que ha sido generada o autoinfligida por una idea. Muchas de esas veces, la idea en cuestión es una ilusión por algo que nunca sucedió, sucederá o podría suceder, eventualmente, pero que afecta a la vivencia cercana.

Inés lloraba porque pensaba que en sus manos estaban los sueños truncos de Fernando, de los que ella se había apropiado, también, con la larga preparación. Sentía tristeza porque no hubiera querido ese final, pero también había cierta resignada felicidad porque podía haber habido otro final y no éste. Felicidad, sin vueltas, nada resignada. Además, reconoció un consuelo, matizado por una leve vergüenza ajena y por cierta angustia. Y una enorme, mayor y profunda gratitud. Por todo lo que pasó y estaba pasando. Por los hombres y mujeres que no se explicaron lo obvio para poder alimentar la vida de su esposo. Movidos por una fuerza interior, tan humana como desconocida, crearon una majestuosa cadena de valor. Valor de audacia, osadía, coraje. De entereza, desfachatez y resolución. De sentido, significado y amor por otro, ajeno a los afectos propios.

La gratitud permite ver esas cosas, conecta con todo eso. Es un elemento esencial para que la vida fluya. A veces se convierte en palabras; otras veces, se hace lágrimas, abrazo, mirada, gesto, caricia, conciencia y hasta un libro. También puede faltar o escasear. En ese caso, hay quienes diagnostican la ingratitud y que eso está mal. No. Nada está mal ni bien en sí mismo. Pero sí hay consecuencias de cada acto.

Cuando no hay gratitud, la vida empieza a lentificar sus movimientos, descartando posibilidades, acercando el horizonte hasta casi poder tocarlo. De tanto tocarlo deja de ser horizonte. El horizonte es el desafío continuo. Así funciona: cuando más cerca estás, más lejos se va. La vida es, en síntesis, un juego con el horizonte. Cada paso agradecido permite uno nuevo y más adelante. Si no, es como quedarse quieto, retroceder casillas, no avanzar y no ver caminos siquiera. Agradecer es estar vivo e ir por más. Toda ganancia.

Vaya si había para agradecer. No hubo foto de la cima, pero esa placa era el testimonio de una conquista mayor para Fernando: el amor humano con mil caras, alimentando su decisión de seguir viviendo.

*

Los cirujanos se vieron en aprietos a la hora de encontrar una posición adecuada para operar a Fernando de su escara dorsal, ya que por la ubicación de las fracturas solo podía estar en posición horizontal y boca arriba. Primero ensayaron las maneras más habituales, pero les resultó impracticable. Intentaron entonces sentarlo, colocarlo de costado... pero también fracasaron. Luego de especular con otras posiciones arribaron a una solución ingeniosa. Ellos cambiaron su ubicación habitual, elevando la camilla, y operaron colocándose de rodillas y con el bisturí hacia arriba, por debajo del paciente. Solo lo ataron de los brazos y fueron haciendo palanca para disponer del despeje necesario que les permitió intervenir.

La limpieza fue muy profunda. Rasparon todo el tejido necrosado. Luego, de los muslos de sus piernas obtuvieron tejidos para los injertos regenerativos. Posteriormente, se sustituyó el espacio al descubierto de la espalda por el tejido sano que se cosió sobre la piel lateral en buen estado, como un cierre relámpago. Finalmente, se le agregó un mullido parche externo de algodón. Una última costura presionó a todo el conjunto para asegurar su compacidad.

El regreso a la sala no fue con gloria. El monstruoso aparato que lo había sostenido hasta antes de esta operación se tornó obsoleto. El no poder apoyar su espalda era una dificultad extra a las ya existentes. A esa altura, las dificultades eran como vitaminas para sus amigos y compañeros...

Daniel Ubeda y Osvaldo, otra vez pusieron cabezas y manos a la obra. Se ausentaron por un rato para reaparecer con una nueva solución. Trajeron consigo una gran cantidad de pequeños cubos de gomaespuma que, encastrados a modo de rompecabezas, formaban un gran colchón. Luego colocaron el cuerpo sobre él y retiraron los cubos que coincidían con las zonas intervenidas. De esta forma, los huecos resultantes evitaban el contacto de la piel comprometida, propiciando mejores condiciones para su evolución. A su vez, el maravilloso invento permitió que el resto del cuerpo pudiese apoyar con más comodidad que en la versión anterior del dispositivo.

Con todo ese jaleo, los médicos empezaron a poner atención en la posibilidad de infecciones intrahospitalarias. La necesidad de asepsia total que requería el proceso de amalgama de los injertos de piel se sumaba a sus anteriores precauciones, habida cuenta del desfile de personas por sus inmediaciones. Sellaron los mínimos resquicios de las aberturas de la sala y definieron un protocolo extremo para todos los visitantes.

Sus amigos empezaron a notar una cierta obsesión por ese detalle en las exigencias impuestas por Fernando para ingresar y permanecer en la sala. Hasta las enfermeras eran aleccionadas por el yacente.

—Adriana, por favor, puede tirar esa cucharita descartable. Estos tipos no se dan cuenta el peligro que estoy corriendo... y después, acuérdese de la inyección que tiene que aplicarme... ah, necesito que le diga a Héctor Garcés que...

—Fernando, dígame —interrumpió la enfermera, secamente.

—¿Cuándo lo ascendieron?

—¿Ascendieron? —preguntó, sorprendido por lo que había escuchado.

—Sí, ascendieron a jefe del piso... ¿es mi jefe usted ahora?

Fernando no entendió si había enojo o una mala tarde en Adriana. Pero se guardó la última palabra para otra ocasión. Solo masculló una palabra para sí y la dejó seguir en lo suyo. Ese era el tono entre ambos por esos días.

*

Fernando mandaba a todos los que anduvieran cerca, por su estilo natural de comportamiento en el gremio y trasladado entonces a su nueva oficina. La desconfianza estaba en un grado superior: necesitaba conocer el porqué de cada cosa que le hacían o harían, paso *sine qua non* para que se dejara abordar. Médicos y enfermeras tenían que explicarle todo, razones, técnicas y consecuencias, y esperar su aprobación. Tal vez, en lo más profundo estuviera anidando la sensación de no permitirse falla alguna (incluyendo no permitirlas) después de haber sido rescatado de la frontera de su vida.

Adriana trataba de comprenderlo, sin contar con demasiados elementos para ello. Sus esfuerzos se veían desbordados, por momentos. "¡Qué tipo insoportable...!", oyeron decir de él sus compañeras del piso. Varias veces. Algo, o mucho, tenía que ver con eso la presencia del séquito de acompañantes, todo el tiempo.

No se acostumbraba a esa gente. Se sentía controlada, desconfiada por Fernando y ellos. Sabía que el caso no era fácil, pero tampoco se la hacían fácil a ella. Hasta que un día, hablando con Inés empezó a cambiar su opinión.

Adriana ya había escuchado historias del gremio y de lo que hacía en plena acción su actual paciente. No conocía ese mundillo. Pero una tarde, circunstancialmente, las dos mujeres se encontraron en el pasillo. Ella la veía todos los días allí. De un tema ligero pasaron de lleno al tema de los muchachos.

—¿No la dejan entrar? —bromeó Adriana.

—Sí… —le devolvió Inés, con una sonrisa suave.

—A mí, "todavía" me dejan, porque soy la enfermera. En cualquier momento me lo cruzo a alguno de ellos vestido de blanco y con el estetoscopio colgado del cuello.

—Son muy buenos con él —afirmó Inés, sin vacilar—. Para Fernando el gremio y sus amigos son importantísimos en su vida... por eso lo quieren tanto y han hecho todo esto. Y a mí me están cuidando como si fuera hija o esposa de cada uno de ellos... son muy buenos y él es muy bueno con ellos...

La Figueras escuchaba y miraba con atención. Había algo de verdad en eso. Generalmente, los pacientes que necesitaban cuidados como éste eran acompañados por el círculo familiar inmediato los primeros días y, luego, por alguna persona que se dedicara a eso como forma de hacerse unos pesitos extras. Si había alguien cercano en todo momento, no era más que uno por turno. Pero aquí era un desfile, a toda hora. Ya no para enterarse de cómo estaba sino para estar con él.

Ni hablar de cuando se organizaban *asambleas* o *reuniones de amigos* en la sala... y ella tenía que hacer sus cosas en medio de las discusiones de todos esos tipos. Estaba reconfortada en que la dejaran trabajar, por lo menos. Hasta que un día, Héctor Garcés dijo que necesitaban saber qué pensaba ella de un tema que estaban tratando. Le dijo que era una mujer con mando, que entendía de manejarse con gente y con presiones, y que por eso le interesaba su manera de ver ese asunto. Allí comprendió lo que le faltaba para cerrar el círculo. Esos muchachos estaban quebrando su resistencia.

Recordó la semblanza de Inés sobre la relación de Fernando y ellos. Pensó que todo ese acto montado era una de las maneras más hermosas de mostrarle al caído en desgracia que era líder en todos lados. En la oficina y en la vida. Un líder al que no había que hacerle caso sino ponerse a disposición, confiando en sus razones y criterios, compartiendo más que horas o espacios de trabajo y amistad. No hay golpes que destruyan esas relaciones. Al contrario, le dan nuevas formas, más vigorosas.

Empezó a saludarlos a todos esos con más ganas. A cruzar más palabras que el saludo. Ya no entraba y salía apurada de la sala popular. En definitiva, cuanto mejor los tratara y más rápido se repusiera el paciente, antes se irían todos de ahí...

*

Superada la urgencia de mi espalda y olvidada la fiebre se prosiguió con el resto de mi humanidad. Las radiografías de cadera indicaron que tres de las cuatro fracturas estaban soldando naturalmente; para resolver la restante sería necesaria una nueva intervención. Por la complejidad del caso solo podía operarse con la asistencia de un aparato de alta tecnología que monitoreara la colocación precisa de la prótesis. Como en el Sanatorio Horcones ese aparato se encontraba descompuesto, la operación se realizaría en la Clínica San Alberto.

El traslado para la operación se realizó en un día de intensa lluvia. Cuando se abrieron las puertas de la ambulancia unas gotas de agua mancharon la camilla con humedad y vida externa. Antes de entrar al quirófano se presentó una situación muy curiosa que cambió el rumbo de esta historia. La camilla se atascó en la ventanilla de ingreso, diseñada justamente para lograr una perfecta asepsia de la sala de operaciones. En esos momentos, mientras se esperaba al personal de mantenimiento para solucionar el inconveniente, un médico detuvo su marcha, se presentó y me solicitó el favor de observar las manos. Las examinó superficialmente sin omitir juicio alguno, luego agradeció mi disposición y prometió un próximo contacto.

Este hecho irrelevante no despertó en mí mayores expectativas ya que en aquel tiempo el ejercicio de mostrar las manos a profesionales se convirtió en una rutina desesperanzadora. Jamás imaginé que de este encuentro fortuito dependería el futuro de mis manos...

Finalmente lograron destrabar el inconveniente y me deslizaron hacia el quirófano.

El aparato mostró claramente la fractura de pelvis: bajo control radioscópico y la dirección del doctor Barcia, los cirujanos me practicaron una reducción quirúrgica y posterior osteosíntesis, en la cual implantaron dos tornillos.

Horas después desperté en el quirófano sintiendo un dolor insoportable en mi cintura que, junto a una gran molestia en mi garganta por el entubamiento de la anestesia, me acompañaría por varios días. A esta altura ya no distinguía si las puntadas eran producto de esta o aquella operación. Las dosis de calmantes eran insuficientes e inútiles, tanto como mis súplicas para aumentarlas.

*

Inés pensó, en algún momento, que no hacía falta su presencia en el sanatorio. No sabía cómo ayudarlo a Fernando.

Lo veía sufrir dolores tan intensos, con tantas complicaciones en la espalda, en los dedos, en la cadera, que dudaba si tenía algún momento y espacio para sentir algo distinto. Para sentir afecto, por ejemplo.

En esa sala siempre había mucha gente. Siempre había temas importantes que tratar en *la oficina* o en *el café* que montaron. Ella necesitaba alguna exclusividad, estar a solas, dejar que hablaran los corazones. Aunque los testigos que pudiera haber no eran ajenos a sus vidas, ella creía que su lugar estaba por encima de las obligaciones. No estaba celosa y sí incómoda.

Su estilo no era avasallante. Ni cerca de eso. Al contrario, pasaba desapercibida. Pero era una mujer decidida y firme. Una tarde, conversó algunas de estas cosas con uno de los más allegados y de confianza. Más que hablar, dejó salir sus sensaciones contenidas. Él la tranquilizó, le ayudó a entender esa situación y le dijo que se ocuparía. Y lo hizo. Su presencia fue reconocida y privilegiada. Tuvo los momentos de cercanía con Fernando que ella quería y necesitaban ambos. Compartieron silencios y algunas palabras. Ese era su estilo para acompañarlo.

Hasta que un día, él le pidió que limitara sus visitas, que se cuidara y descansara más, pensando en su embarazo. Ella ya sabía que él estaría bien cuidado, de todos modos. Más allá de su opinión, Fernando ya había decidido acciones que alejaban un poco a Inés del sanatorio. Por ejemplo, que sus amigos la buscaran más tarde y la llevaran más temprano a su casa.

*

Recién arribado a la ciudad de Mendoza, Daniel Sanzone fue directo al sanatorio con su familia. Apuró el paso por el pasillo de ingreso mientras trataba de encontrar caras conocidas en su camino a la sala. Se cruzó con el *Pollo* y el *Colorado*, quienes estaban frente a la puerta buscada. Sin golpear la abrió y entró. Sin emitir una sola palabra a los que se encontraban en la habitación se acercó hasta Fernando y lo abrazó cálidamente. Daniel no sabía cuán fuerte podía hacerlo, y le costó cuidarse en la intención. Los dos adultos lloraron como chicos. Como pocas veces antes. O como nunca. Comprendieron ambos, entonces, cada uno por algo distinto, que el afecto explícito es el mejor analgésico para los dolores del cuerpo y del alma.

Cruzaron pocas palabras. Daniel no quería hacerlo hablar a Fernando de qué había pasado sino, más bien, de cómo estaba y se sentía. Lo notó contento de verlo, aunque dolorido y como aguantándose de algo más. Por las dudas, no quiso dejarlo hablar y empezó a contarle sus vacaciones. Le dijo que lo envidiaba haber podido tomar un poco de fresco en el verano de allá arriba, con el calorazo que estaban sufriendo en el verano de abajo. Rieron con ganas.

Le preguntó cómo estaba y algunas cosas más. Entendió que no faltaba gente para atenderlo, pero faltaba él. Había un lazo muy fuerte entre ambos, suficiente para sostenerlos en equilibrio mutuo. Por eso no pudo dormir aquella noche de sus vacaciones, intuyendo que algo raro pasaba con su amigo a muchos kilómetros de allí. Ahí estaban juntos de nuevo, para dividir los dolores por dos, una vez más.

Estuvieron solos un rato, hasta que una enfermera pidió exclusividad. Daniel salió de la sala y se reencontró con su familia. Les contó, hablaron un rato de cómo sería el resto del día y... recordó que el auto estaba cargado de valijas. Dejó eso en manos de su esposa y le dijo que más tarde iría por casa.

Ahora necesitaba saber cómo estaba la organización de la gente y ponerse en funciones de ayuda. Además, ubicar a los médicos y tomar la posta que estaban trayendo los amigos y los del gremio.

*

Llegó el momento de la primera curación de espalda para observar la evolución del injerto. El médico procedió a cortar los primeros hilos pero la formación de una gran costra le impidió distinguir la costura. Sujetó entonces el único extremo despegado del parche y con un violento tirón arrancó de cuajo el resto del apósito.

Un terrible alarido me empujó al otro lado del umbral de dolor. Desmayé.

La ausencia de sufrimientos fue breve: una carga de oxígeno me devolvió sin escalas al planeta. Recuperé el pesado equipaje de la realidad, pero ahora cargado de nuevas complicaciones. La ausencia del apósito sorprendió la herida y mi ánimo. En algunos sectores el injerto nunca logró unirse a la piel, dejando estas zonas a merced de nuevas intervenciones. La noticia fue una trompada a mi espíritu. Le dije basta al dolor, a los calambres, a las quemaduras, a las puntadas y al maldito destino que me dictó una condena de operaciones.

—¡Por Dios, no dejen que me toquen más! —les supliqué llorando a todos mis acompañantes.

—¡Déjenme!, no quiero más, ya es suficiente, deseo estar en paz, estoy cansado de tanto dolor, no puedo seguir —repetí.

Aceptaron. Un silencio general los acompañó hasta el pasillo. Solo y a oscuras enfrenté la ausencia de respuestas y me hallé en un eterno naufragio. Alguien de afuera se animó a romper el cerco y ensayó un rescate. Cruzó el umbral de la puerta muy despacio, cuidando hasta la presión de sus pisadas. Las sombras, a contra luz, descifraron la silueta de un amigo. Era Daniel Sanzone. Acarició mi cabeza en un gesto paternal, mientras me hablaba con voz clara y pausada lo que solo comprendí mucho tiempo después:

—Ya no sigas intentándolo por vos, seguí entrando al quirófano por nosotros. Algún día podrás entender que verdaderamente valió la pena todo el esfuerzo.

Se quedó junto a mí hasta que me dormí entre sollozos.

*

Mi cuerpo dormitaba una breve tregua con los dolores cuando un sexto sentido me avisó que alguien estaba mirándome. Parado, al lado de la cama, un urso de mediana edad y altura, recorría con su vista lentamente mi cuerpo. No me llamó la atención que lo hiciera sino cómo. No traía cuaderno, no apuntaba nada, estaba solo y vestía con ropas no habituales para los visitantes profesionales.

Cuando se dio cuenta de que lo había descubierto, se hizo el zonzo y siguió con lo suyo. Ni registró mis ojos en su recorrida. Comenzó a caminar en un semicírculo, bordeando la cama, en silencio y con la misma concentración que lo hacía cuando estaba quieto. Se paró a mi lado, sobre mi cabeza, quedándose unos largos segundos, por lo que me incomodó.

—¿Quién es usted? —pregunté sin disimular mi estado.

Sentí sus pasos buscando ponerse más cerca y poder mirarme.

—Buenas tardes, mi nombre es Ernesto de Cuéllar.

Lo miraba y empezaba a sentir *algo*. ¿Quién era este tipo?

En condiciones normales no hubiera podido darle ni un abrazo. Así, indefenso, traté de pensar en nada, confiando que mis amigos estarían en la puerta y que por un motivo más que importante lo habían dejado pasar.

Siguió hablando muy pesadamente, en una lengua española que parecía mexicana pero con falsetes.

—Nos conocimos en la montaña. Vengo a reclamarle que fue descortés conmigo. No me saludó cuando nos vimos...

Cada vez entendía menos. ¿Y este reclamo...?

—Yo lo conocí a usted cuando lo venían bajando. Lo miré, le hablé y usted me dio vuelta la cara.

Se quedó así, mirándome fijo y con un gesto fiero. Hasta que en un par de segundos aflojó cientos de músculos de su cara para soltar una sonrisa ancha. Y me aflojó a mí, también.

—Yo trabajo en Aconcagua en la temporada. Vivo trepando montañas por todo el mundo y los eneros los paso aquí. Me llamaron cuando pasó lo suyo y fui a echarle una mano —ahí se le escapó la veta—. Quise venir a verlo porque fue tremendo lo que pasó con su rescate... la gente que se movilizó, la rapidez, lo que me contaron del helicóptero... y como estaba usted, por eso lo miraba antes. Don Fernando, está entero.

Yo lo escuchaba en absoluto silencio.

—Hace muchos años que estoy en este negocio. He visto cientos de accidentes y mil muertos —enfatizó el *mil*—. Con usted se juntaron muchas cosas que no pasan todos los días. Tiene que agradecer a su diosito que estemos hablando ahora… Ya sé cómo está, porque me han informado afuera. Aguante todo lo que le hagan, porque está vivo para eso. Después, si quiere, volverá a la montaña. Pero antes que eso, usted está aprendiendo una lección que otros no pudieron. Usted será otra persona cuando salga de aquí. Vivirá de otra manera, porque la montaña le ha enseñado a vivir de otra manera.

Hubo un silencio largo entre los dos. Se me pasaron muchas imágenes en ese silencio. Lo perdí de foco, porque mis ojos se fueron al techo o no sé adónde. En un rato, el mejicano cortó mi inspiración para despedirse.

—Don Fernando, ha sido un gusto verlo de nuevo. Y que me salude esta vez… Que siga usted bien y no se olvide de agradecerle a la montaña que le dio otra oportunidad. Mis respetos...

Apoyó su mano en mi pecho, suave pero toscamente, y partió.

Luego supe quién era esa persona. Estaba en Plaza de Mulas cuando se enteró de mi accidente. Tomó una camilla, se la ató a la espalda y solo salió cuando caía la tarde a encontrarse con los que me venían bajando y con los que subían para hacer el relevo. Esa camilla resultó fundamental para no sufrir mayor daño físico en las horas que quedaban de recorrido hasta la carpa sanitaria. Lo llamaban "el jefe de las alturas".

*

Me dejó la sensación de haber sido abrazado por un espíritu de esos que están en otro plano. Sentí que me hablaba desde una fuente de paz. Me contagió eso. Tal vez fue el primer momento en que la tuve, después de aquel accidente. Todo a mi alrededor fue vértigo y brusquedad desde entonces. En esos momentos, tuve a mi corazón entre algodones.

Me habló de un aprendizaje... ¿Cuál? Ensayé varias respuestas. Ninguna me convenció. Tuve un espacio *ad hoc* para entregarme al pensamiento. Nadie entró a la sala por unos largos minutos ni yo necesité a alguien en ese lapso. Se me vinieron varias figuras a la mente, pero no me cerraban.

Ernesto de Cuéllar cargaba en su espalda muchas horas de observación, de contemplación. Eso es lo que le daba esa mirada pacífica y poderosa. Vio mucha vida y vio mucha muerte. O sea, vio mucha vida. Sabe de eso. Ver, observar... por ahí pasa. Eso permite que surjan respuestas. Que se conecten solas las preguntas con las respuestas. Dejarlas salir de adentro y que vayan donde son necesarias. Cuanto más profundo sea su origen, más puras serán. Puras y propias. Mmmm... no. Puras, sí. Propias, no. Cuanto más puras, más esenciales, serán más comunes al ser humano. Al mío y a los otros. Ese es un gran aprendizaje. Mi esencia es la misma que la de mis semejantes.

¿Eso es lo que me quiso enseñar la montaña en cientos de gestos solidarios? Que hay límites, condiciones, para algunas intenciones individuales. Que hay que respetarlos, estar atento a sus señales, porque más allá puede haber dolor. Pero más acá no hay de qué preocuparse. Cada uno tiene su cada qué. Su misión. Su regalo al mundo. En esa misión, no hay ninguna condición, nada que la restrinja. Eso es saber que aquí, en este tiempo y lugar que nos ha tocado estar, hay que entregar hasta la última gota en lo que nos han encomendado. En aquello que nos hace apasionar. Porque para eso estamos. Es nuestra manera de relacionarnos con los demás, desde lo mejor de cada uno. Naturalmente.

*

13. MANOS PROFESIONALES. MANOS DURAS. MANOS SANTAS. MANOS AZULES

Si precisas una mano, recuerda que yo tengo dos.

San Agustín

Hasta tanto se definió la fecha de una nueva intervención, los médicos decidieron sustituir con mayor frecuencia los parches de la espalda de Fernando para evaluar constantemente su evolución. Dada la complejidad del cuadro general, fue supervisado diariamente por los jefes de los servicios de Clínica Médica, Traumatología y Cirugía.

La jefa del servicio de Clínica Médica era la doctora Corradi. Alta, espigada, de ojos claros, rasgos sajones y con el cabello siempre recogido, impecable. Ella conducía los ateneos médicos y, desde el primer día, visitaba al paciente de manera regular en la primera hora de la mañana. Su presencia traía un estilo en el que armonizaban perfectamente la asepsia profesional y el carácter distante. Bien distante.

En ocasiones, la acompañaban algunos estudiantes y médicos residentes. Su trato con ellos era similar, por lo que Fernando ya había descartado algún rechazo personal. No disimulaba, ni un poco, lo que le generaba el movimiento de tanta gente en esa sala y aledaños. Aunque no lo llevaba a modos extremos, siempre fue ajena a las formas simpáticas que se desarrollaban en la convivencia forzada por tantas semanas.

Fernando quiso, varias veces, acortar la distancia que ella imponía. Le preguntaba por los tratamientos y sus alcances, cuáles serían los pasos siguientes, cómo veía ella su evolución. Una de esas mañanas, intentó por un lado inesperado para ella.

—Doctora, hace unos días que le quiero hacer una pregunta muy personal.

El gesto de la doctora Corradi lo puso en alerta de un eventual tsunami sobre su cama. Ya no podía escapar, en todo caso. Entonces, avanzó.

—Ese dije que tiene en la gargantilla, con forma de hojita de afeitar, ¿qué significa? Es muy original…

No lo dejó seguir. Se acercó, apenas más incómoda de lo habitual, para cerrar la curiosidad del paciente:

—No es un asunto que le pueda interesar, Ayala.

Giró sobre su largo eje y se fue de la sala.

*

Mientras tanto Gabriel, el quinesiólogo, empezó a trabajar para amortiguar las consecuencias del reposo forzado en mis músculos. Su trabajo consistió en combatir y superar los calambres en mi espalda, muslos y pantorrillas, y también buscó estimular la musculatura anímica, para ayudarme a afrontar los dolores.

Cada visita suya renovaba serenidad en mi decaído espíritu. Sentía que calmaba mi ansiedad y mi desesperada rutina de días y días. En realidad, mi cuerpo comprendía más que mi cabeza. Los ejercicios de postura, lentos y sencillos, los masajes localizados y la invocación permanente al proceso de rehabilitación obraron sobre mí con las formas en que progresa un río de montaña: prudente, silencioso, mínimo, buscando huella pero, al fin, llevando adelante su fin.

Esa figura me gusta. Un río de montaña contagia sus valores. Gabriel logró contagiarme su mensaje. Que mi cuerpo registrara profundamente el proceso. Hiciera propias sus formas y absorbiera las urgencias de la mente, siempre imperiosa desde el resbalón. Comprendí que así funciona el ser humano, en todos los campos y ante todas las demandas. Cuando el cuerpo toma los aprendizajes sustanciales la mente baja la guardia y cae rendida ante la evidencia. Hasta que eso pase, ella juega y juega, sin límites. Pero hay un mandato superior, que se transmite orgánicamente, basado en el bienestar.

Es la búsqueda del equilibrio que mueve a todo ser vivo en este sistema conocido como Naturaleza. La información o impresión que pretende ese equilibrio es bienvenida y rápidamente comunicada al resto del sistema. En el cuerpo humano, por caso, son las sensaciones de confort o placer que se extienden a cada rincón en una suave danza. En el opuesto, con la misma intensidad, o más, se vive el rechazo a lo que está en su contra, bajo las formas del asco, reacciones alérgicas o enfermedades, en su progreso.

No se excita al cuerpo con gritos o azotes. El medio de comunicación es tan natural como sus consecuencias. Por eso, Gabriel cuidaba tanto las formas físicas como las dialécticas. Los mensajes más potentes van de corazón a corazón. Yo necesitaba volver a reconocerme, a quererme, a mimarme, a que mi cuerpo entendiera que yo no estaba en su contra. Era un gran desafío, porque no había grandes recuerdos de que eso hubiera pasado antes. Y, además, venía golpeado en mi voluntad, donde estaban los magullones más grandes.

*

Transcurrieron los días y el deterioro de mis manos resultó cada vez más notorio.

El problema se inició en los momentos posteriores a la caída donde perdí los guantes. Mis manos estuvieron expuestas a todo el rigor del frío bajo cero hasta el primer contacto de rescate, tiempo suficiente para activar su proceso de congelamiento. El cuerpo, como siempre actúa en estos casos extremos, establece un orden en la administración de sus reservas energéticas. Prioriza la conservación de sus órganos vitales relegando los restantes, en este caso las manos. Allí la sangre se cristalizó, aumentando tanto su volumen que se produjo la rotura de los vasos. En un principio, durante los primeros días de mi llegada al hospital, mis manos tenían un color oscuro pero estaban blandas, y podía abrirlas y cerrarlas aún con alguna dificultad.

Con el paso de los días, los dedos se endurecieron notoriamente y mutaron a un color negro intenso que se expandió por toda su extensión. Su textura me causaba pavor, la piel se contrajo notablemente al extremo de arrugarse como pasa de uva y ponerse dura como piedra. Las precauciones higiénicas se extremaron al máximo, consumándose así una inmovilidad parcial de mi mano izquierda y total de la derecha.

Sin embargo y a pesar de estos síntomas nunca imaginé cual podría ser el destino final de mis manos. Tanto los profesionales como mis amigos siempre fueron en esto muy parcos y prudentes. Ellos decían que debía prepararme para cambiar algunas costumbres, inclusive la de aprender a escribir con la mano izquierda. De este lado, un poderoso mecanismo inconsciente de negación volvía a devorarse una y otra vez todas las obviedades. Dante, mi cuñado, luego de comprenderlo decidió anunciármelo explícitamente.

—Fernando, ¿vos sabés lo que te van a hacer en las manos? —me preguntó, luego de merodear en otros temas.

—No, no tengo idea —le dije convencido.

—Pero, seguramente algo te contaron.

—¡No, ni una palabra!

Él hizo una pequeña pausa, tomó aire y luego me miró.

—Te van a amputar, sobre todo tu mano derecha que está muy comprometida —me dijo con dolor en su mirada.

Mi respiración cambió de inmediato, no podía creer lo escuchado. Mis latidos parecieron estallar.

—¡No, no es posible, mis manos van a mejorar, ya vas a ver! —le dije a viva voz.

Él movió su cabeza negando mis afirmaciones.

Brotó de mis entrañas un desvanecimiento general, que logré contener justo al borde del desmayo. Solo escaparon lágrimas, únicos obstáculos entre mis ojos y mis manos, mis queridas manos. A través de ellas siempre pude expresarme. Y hasta hablar.

Caí nuevamente, por un infinito tirabuzón con destino de abismo.

Un llanto interminable acompañó esta nueva sensación de caída. El desconsuelo era total. Lloré, grité, insulté hasta a Dios y eché durante largas horas a quien intentó ingresar a la sala, sin importarme si eran afectos o guardapolvos blancos.

Pasé dos días prácticamente sin hablar hasta que intenté algún elemental y postergado razonamiento. Estuvo claro, me momifiqué en vida, mis dedos se habían petrificado. Los especialistas de manos diagnosticaron una gangrena seca que debía intervenirse a la brevedad. Postergar la intervención, sostuvieron, implicaba un alto riesgo de infección que concluiría en amputaciones mayores. Una infección podría comprometer hasta la altura del codo o, incluso, hasta el hombro.

*

Hay momentos en que las respuestas de la ciencia convencional no son tan veloces como la ansiedad. Mis amigos pensaban así y yo también. Cuando a uno de ellos se le ocurrió acudir en busca de manos sanadoras no científicas, lejos de negar la opción les pedí el favor de resolverlo a la brevedad. Días después, efectivamente, se concretó un primer encuentro. En la previa, había en la sala un clima expectante, solo aligerado por el humor que algunos aportaban, tal vez en su propia defensa.

Era de noche. Sentimos un golpe seco en la puerta. Don Francisco la abrió y se presentó con paso cansino. Saludó como para cumplir, apuntó su misteriosa mirada hacia mí y se acercó a mi lado. Extendió su mano derecha hasta apoyarla en mi frente, abarcando casi toda su superficie, acompañando un gesto parco. Escuché su voz gruesa:

—Vamos a ayudarlo para que no haya complicaciones —dijo sin rodeos.

Como fue la única frase que dirigió a mi persona me detuve a estudiarla en esos segundos interminables en que cerró los ojos. En particular me llamó la atención el uso del plural, por lo que deduje que trabajaba con otros o recibía una asistencia celestial.

Acto seguido retiró su mano y se dirigió a mis acompañantes.

—¿Qué le dijeron que le van a hacer? —preguntó.

Le explicaron de la amputación planeada, que para entonces abarcaba hasta la muñeca de la mano derecha y tres dedos de la izquierda, completos.

Estuvo unos breves instantes en silencio, mirando la nada. Luego, le habló a la misma nada:

—No va a ser tanto… no va ser tanto…

En el clima del momento, de alta tensión, les indicó una extensa lista de productos naturales, desde pastillas hasta infusiones que debían suministrarme metódicamente. Luego, don Francisco, el hombre con apariencia de anciano sabio, dio por concluida la visita y se retiró. Pocas horas después los nuevos medicamentos compartieron el mismo respeto que los indicados por los médicos.

Las enfermeras entendieron de estas formas no convencionales de curación. Como en la sala había dos mesitas de luz, correspondientes a las dos camas originales, repartieron la medicación oficial y la alternativa entre ambas, de manera que los médicos no observaran la invasión de yuyos y gotitas ajenas a su vademécum. Con la ayuda de mis amigos, las chicas los agregaron a la rutina indicada, siguiendo a pie juntillas todas las indicaciones de don Francisco.

Por otro lado, dos entrañables compañeras del banco, Ivana y Gabriela, buscaron los servicios de otra persona. Este consejero espiritual no se hizo presente físicamente en el hospital; solo le bastó una foto mía, a la cual le adhirió una cruz. Por semanas practicó una seguidilla de oraciones para cumplir con el don que, según manifestaba sin pudores, Dios le había otorgado para ayudar a la gente.

Un tercer apoyo resultó ser don Lido. Padre de un compañero de escuela secundaria, residente en una finca de las afueras, ya era conocido por Fernando. Sabía que no era un hombre que se dedicara a esas artes como profesión, porque era un agricultor pleno. Pero refería tener dones de curar y, por eso en las tardecitas, una vez terminadas sus tareas rurales, recibía a gente con problemas de salud y más. Los atendía con amable frialdad, escuchaba y prometía ponerse a trabajar en sus casos. No cobraba por esos servicios, dejando a voluntad de los visitantes la retribución que creyeran justa por el oficio.

Según sus propias palabras, él trabajaba con emisarios, a los que él contactaba y armonizaban acciones. Osvaldo dio con él y le contó lo sucedido. Don Lido lo tranquilizó, prometiendo que por la noche enviaría sus emisarios y le mandó saludos a su viejo conocido. Antes de irse de la sala,

Osvaldo le contó a Fernando de esta gestión. El *Manzana*, el compañero nocturno, escuchó con atención precisa las palabras de aquel. Y dormitó con los ojos celosos de la puerta de la sala, esperando a los emisarios que nunca vinieron, para su desilusión.

—Ese tipo, don Lido, es medio chanta, al final no vino nadie y me pasé la noche en vela al pedo.

Entre tanta mala, Fernando tuvo un motivo para dibujar una sonrisa inocente.

*

Los seres humanos no podemos comprender toda la dimensión que nos contiene, pero sí podemos hacerlo con algunos de sus efectos. Los que llegan a movilizar nuestros sentidos. Es una discusión tan etérea como inútil la que serpentea por las vaguedades de la mente humana tratando de encontrar explicaciones a lo que se explica solo. Existe. No hay que buscarle definiciones, asociaciones o fundamentos. Está cuando tiene que estar. Pertenece al reino azul.

En distintos momentos de toda esta historia, Fernando estuvo acariciando los límites de su espacio vital, jugando inconscientemente con una línea difusa, pero real, que separaba lo sensual de lo esencial. Vio lo que había a ambos lados de esa línea. Tal vez al día de hoy todavía no pueda expresarlo en palabras, pero sabe que estuvo allí.

En esa zona, donde los tormentos del dolor maniatan la mente, la vida necesita otros recursos para prolongarse. No está consciente para pensar qué hacer ni pedir ayuda. Entonces, se entrega a la conciencia superior, la que dispone de otras potestades y albedríos. Como la fe y los enviados.

Don Lido tenía acceso a ese lugar. Y Fernando, también lo tuvo. Sus amigos lo acompañaron, porque para eso lo eran, sin preguntar más. Lo escucharon hablar de una visita nocturna, que esperaba puntualmente el momento en que los ruidos se acallaban, las luces perdían brillos, los pasos se hacían menos frecuentes y la mente comenzaba a retirarse de sus ocupaciones diurnas. Entonces, un ángel llegaba hasta esa sala, entre tonos azulados, para traer pócimas de una energía diferente. Traía dosis de amor superior, el que puede algo y todo. Puro y poderoso, respetado por la carne y por la esencia. A veces arropado como un demonio, para poder estar a la altura de sus batallas.

Después de algunas semanas, la gracia cambió de formas, quizás, pero no de influencias. Los ángeles siempre traen paz al dolor.

*

Darío era uno de mis amigos de la vida y, ahora, uno de los acompañantes nocturnos. Navegó por internet a la deriva buscando información sobre casos afines al de mis manos. En un momento, ubicó a dos centros de rehabilitación en España y Francia especializados en quemaduras de frío. Se contactó con ellos y comenzaron a intercambiar correos electrónicos. En uno de ellos, le dijeron que antes de tomar cualquier determinación sería necesario esperar a que se conformara el *anillo*, límite visible entre el tejido necrosado por congelamiento y el que no ha sido afectado. Esto es, cuando la situación se hubiera estabilizado. No obstante, de los dos le pidieron el envío de un registro de cámara digital de mis manos en distintos planos y angulaciones. Así lo hizo. La respuesta desde los centros de Zaragoza y Chamonix fue inmediata y coincidente. Ambas estaban en condiciones de dar un tratamiento satisfactorio, siempre y cuando pudiera ser trasladado con urgencia hacia los mismos. Esa opción no existía, por los riesgos de pensarla siquiera.

*

Las enfermeras continuaron la rutina diaria de sumergir mis manos en baños de desinfectantes cada dos horas. Posteriormente, masajeaban mis brazos, desde las muñecas hasta los hombros, con cremas vasodilatadoras. Sin embargo, no había avances manifiestos. Un especialista en manos, el doctor Algañaraz, evaluó la gravedad de la situación y recomendó realizar la operación a la brevedad. Ya había intentado hacerlo, aprovechando la oportunidad de la operación de cadera. Eso coincidía con un criterio muy particular: se estaba yendo de vacaciones.

Mi posición negativa al respecto no varió, lo que provocó un conflicto. Finalmente, acordamos una tregua. El doctor Algañaraz transmitió su responsabilidad de control a otros dos especialistas, postergando la operación hasta su regreso. Un día, uno de ellos, al observar el estado de mis manos me dijo que debía amputarse, sin perder más tiempo, todos los dedos de la mano, desarticulándola por completo. La intención era cortar rápido por lo sano para evitar males mayores. Mantuve mi negativa. Siempre recordaba las palabras de Parraviccino: "Defienda sus manos, señor Ayala". Estaba dispuesto a seguir esperando un tiempo más.

Mi postura, ya sistemática, de ejercer el derecho a tomar decisiones sobre los rumbos de los tratamientos comenzó a irritar a los profesionales. Pero ellos nunca evaluaron mi capacidad anímica para afrontar la dimensión de una operación tan cruenta.

Un ejemplo de eso se presentó un día en que una psiquiatra me dijo que me tenía que medicar para prepararme a lo que vendría. Yo me negué rotundamente, provocando su enojo y el retiro para siempre de la sala.

Un claro contraste de esta situación lo marcaban las doctoras Salvaggio y Belletán, auditoras de la Obra Social, de quienes recibía visitas diarias desde el primer momento. Ellas supieron escucharme, evaluar y dar respuestas a cada una de mis peticiones en esas horas críticas. La doctora

Belletán, luego de prestar muchísima atención a lo que en realidad escondían mis palabras, una verdadera catarsis, decidió indicarme inmediata asistencia psicológica. La firmeza con que se dirigía a mí esta profesional fue motivo suficiente para que aceptara su indicación. Sin dudas, mientras mi cuerpo transitaba las consecuencias de la caída en la montaña, mi mente continuaba aún en caída libre.

Cuarenta y ocho horas después se presentó en el hospital la licenciada Silvina Correa. Recuerdo que Héctor Garcés entró en la habitación para comunicarme la noticia:

—Afuera está la psicóloga. No sabés lo que es —me dijo con picardía.

—Que me espere un momento.

Solicité la asistencia de la enfermera para mejorar mi aspecto. Minutos después, pude corroborar personalmente las apreciaciones estéticas de Héctor. Al correr de las palabras fui descubriendo en ella, además, solvencia profesional. Me sentí contenido. Ella supo comprender y trabajar con mi personalidad, tan viciada de autosuficiencia.

Necesitaba pautas, no recetas. Yo era una persona con defensas muy elevadas y esos signos de negación funcionaban como primer mecanismo de adaptación al cambio tan brusco que estaba pasando mi vida. Negación, entendida como un nuevo control, omnipotente, que intentaba también dominar los efectos de la caída. Por lo tanto, la asistencia psicológica primero debía realizar una tarea muy fina de desarme, para luego intentar armarme nuevamente.

Consulté muchas cosas a la psicóloga. Interpretó el juego. Por ejemplo, si era conveniente observarme las manos, dejarme llevar por pensamientos entreverados que eso me provocaba. La respuesta fue afirmativa, porque frente a una mente negadora lo más aconsejable era constatar la evidencia, reconocerla y aceptarla.

*

En aquellos momentos ingresé en una larga cuenta regresiva. La situación de mis manos era desalentadora y elocuente, hasta el punto de no percibir dolor alguno en las extremidades. Apenas advertí un suave ardor del tejido sano que continuó separándose de la piel sin vida. *El anillo* comenzó a manifestarse claramente. Los médicos, alarmados, continuaron vociferando un inminente riesgo de infección. Solo los amigos apostaron a mi jugada de esperar, más por afecto que convencidos. *El anillo* supuró una horrible sustancia viscosa, amarillenta, que las enfermeras ahogaron en litros de desinfectantes. La separación de los tejidos fue tan profunda que pudimos observar hasta los huesos de mis dedos.

No obstante, mis pedidos de más tiempo ya no tenían explicación alguna, al menos no desde lo racional hasta ese momento. Entre tantas idas, vueltas y consultas, mi cuñado Dante recordó una conversación con el doctor Guiara, responsable de la especialidad en la Clínica San Alberto, quien había ofrecido una interconsulta con un microcirujano del hospital Fernández de la Ciudad de Buenos Aires. Cuando fui llevado allí para la operación de la cadera, el doctor Guiara había visto mis manos y sabía del pronóstico, por lo que puso a disposición una eminencia nacional.

Ante mi aprobación, comenzó el operativo. No fue sencillo. Se trataba de un profesional de altísimo nivel, y con escaso tiempo para dedicarme. Más aún si requería su traslado a Mendoza. La decidida negociación fue resolviendo las dificultades hasta acordarse una fecha. Ciertos requisitos tuvieron ribetes sofisticados para nuestra experiencia habitual, pero quedarían para la sobremesa de algún asado futuro si se cumplían las expectativas sobre su intervención.

*

El doctor Enrique Pellizza llegó al aeropuerto de Mendoza la mañana de un cálido día de marzo. Dos amigos de Fernando destinados allí lo esperaron desde muy temprano, estirando sus ojos sobre el horizonte, como intentando acelerar los motores del avión que lo traía. Su estadía en la ciudad estaba limitada a escasas horas, medidas. Además de Osvaldo y el *Pollo*, también lo esperaban los doctores Miskal y Guiara.

La comitiva entró al sanatorio y se dirigió directamente a la sala donde estaba Fernando, sin más formalidades.

Fernando, junto a la enfermera que se encontraba con él, vio cómo se abrió la puerta y cinco personas irrumpían en la sala, reconociendo solo al *Pollo* y a Osvaldo entre ellos.

—¿Así que a usted le dicen el macho? —fueron las primeras palabras que disparó el doctor Pellizza, para aflojar el ambiente tenso que se respiraba.

El flaco Ayala asintió con una sonrisa tímida. Y sin decir una sola palabra estiró sus brazos para mostrarle sus manos. Él desplegó una mirada tierna, colgando en el aire un manto de calma y autoridad.

Habló brevemente de cuál era su actividad, de sus cargos, antecedentes y membresías de organizaciones profesionales y, después, de algunos de sus logros. Para eso, estaba provisto de un arsenal de imágenes, en fotos y videos, cuál más reveladora sobre su capacidad.

Entrado en un círculo de confianza con Fernando y sus acompañantes, hizo algunas comprobaciones con un aparato portable, con sensores que indicaban registros de actividad en los tejidos. Trabajó sobre ambas manos y todos los dedos. Detectó algunos tejidos sanos cercanos a partes óseas, por debajo de la superficie necrosada. Su juicio fue contundente: no era necesario extender la amputación hasta donde la estaban aconsejando. La precisión final sería confirmada por la observación directa, *in situ,* de quien fuera el responsable de la operación.

El doctor Pellizza se tomó unos minutos finales para explicarlo con más detalles, y también para obtener algunas precisiones necesarias de Fernando. Su interés era salvar la mayor longitud posible de los dedos, incluyendo parte de las falanges. Luego, cerraría con un colgajo suave al tacto y que amortiguara el contacto frontal del muñón, con posibilidades de operar en la función de pinzado junto con el pulgar. Esa posibilidad, a diferencia de la desarticulación total, lo habilitaría a una vida futura con perspectivas totalmente distintas a las que hasta ese momento tenía prevista.

Notando la efervescencia del grupo ante la nueva perspectiva, les dio tres alternativas. Las dos primeras consistían en colaboraciones totalmente desinteresadas con los médicos a cargo, con la variante de acompañarlos durante la operación o simplemente ofrecerles su punto de vista. La tercera opción era intervenir directamente con su equipo habitual de trabajo.

Lo consultaron sobre esa última opción y los derivó, cortésmente, a uno de los médicos que lo acompañaba, que por fin explicaría su presencia.

A él le quedaban un par de cuestiones con el paciente. La primera era saber si esa solución le cabía a su funcionalidad. Solía decir que él quería asegurar un resultado básico con el consentimiento del enfermo. Para eso, necesitaba ofrecerle variaciones sobre la resolución de esta primera etapa. Podía hacer algunas divisiones, tipo comisuras, podía dejar preparada una base para extensiones futuras... En este caso, recibió una respuesta muy clara:

—Yo no trabajo tanto con las manos, doctor. Mientras funcione bien ésta... —amagó con apuntarle a su cabeza. Si usted me hace lo que dice, estoy tranquilo... la cabeza me va a funcionar mucho mejor de lo que pensaba hasta hace un par de horas...

—Bien. Lo otro que le quiero decir, es que más allá de lo que usted decida, no deje que le toquen los nudillos ni le saquen el pulgar. ¡No se deje desarticular! Casi sin respirar, siguió—. Yo no opero para mí, yo trabajo para que el paciente sienta que lo que hacemos es lo mejor para él. Mi tranquilidad no es tomarme un margen de riesgo excesivo. Tampoco hago acrobacia quirúrgica. Mi tranquilidad es estar cerca de la frontera de la ciencia médica, siempre. Para eso viajo, me perfecciono, sé para qué lado va la ciencia. Por eso le digo que cuide sus nudillos y espere a la ciencia, que en poco tiempo puede darle otras soluciones. Yo le aseguro que podemos hacer todo lo que le dije con absoluta certeza.

Remató su discurso con un gesto paternal, apoyando su mano sobre la cabeza de Fernando, y comenzó a despedirse. Dejó en el ambiente la sensación de ser un hombre fuera de lo común, tan profesional y humano en el mismo cuerpo.

*

Pedí que me dejaran solo unos momentos. Y solté tantas horas de angustia contenida... Cada lágrima perdida se llevó un recuerdo. De repente, me sentí libre del gran peso de las decisiones. Experimenté la sensación de estar en las mejores manos que se podrían ocupar de las mías.

Por primera vez, en mucho tiempo, lloré de alegría, de alivio, de felicidad y no sé de cuántas cosas más; pero seguramente, no de dolor ni de impotencia...

Luego de un par de días, comenté lo sucedido con el médico temporalmente a cargo de mis manos. Él se sinceró, el equipo del hospital del que él formaba parte no estaba en condiciones de superar las alternativas brindadas por Pellizza.

Eso terminó de decidirme. Pedí a Osvaldo que llamara a Buenos Aires para comunicar mi respuesta. Así lo hizo y, rápidamente, se estableció lugar y fecha de la intervención.

*

14. TIEMPO NUEVO SIN JUICIOS VIEJOS

¿Quién puede aclarar el agua barrosa?
Si la dejas, se aclara por sí misma.

Lao Tsé

Se percibía otro ánimo en la sala. La seguridad que dejó la visita del doctor Pellizza flotaba en el ambiente y se mezclaba con el aire que todos respiraban allí. Más allá de los resultados finales, desconocidos para quienes no estaban acostumbrados a estas situaciones, la sensación era de tranquilidad. Lo que pasaría sería lo mejor posible. Además, esa consulta fue como un quiebre en la dirección de las acciones sucedidas en el tiempo que llevaba Fernando internado. Todas las anteriores tuvieron el sentido de reparar, recomponer, trastornos de la caída y del operativo de rescate. Algunas incluso, buscaron estabilizar el estado general. En este caso, se estaba en la previa de una intervención que afectaría la vida futura, marcaría un tiempo nuevo.

Es casi sencillo de imaginar que se pueden arreglar fracturas, acomodar caderas, que se regeneren tejidos de piel y que una persona se rehabilite física y emocionalmente después de estar varios meses bastante inmovilizado y fuera de su rutina activa. Pero no es tan común idear cómo es la vida sin un brazo o parte de él. Aunque no sea un recurso clave, como lo puede ser para quien tiene un oficio manual. Por eso, allí estaba el punto de inflexión en el posaccidente. Sumado a eso, el aspecto que tenían esas manos presagiaba un panorama tan oscuro como el color de las falanges.

Cuando el especialista les habló de su experiencia, de sus antecedentes, y lo vieron trabajar y evaluar ese caso, entendieron que habría un tratamiento muy profesional y que el resultado sería la opción más justa desde todos los puntos de vista. Incluido, privilegiado, el humano.

Este cambio del clima anímico abrió la puerta para que pasaran varias cosas, todas con la intención de respaldar y fortalecer la tendencia.

Por ejemplo, una nueva visita de un sacerdote. Esta vez, Patricia, la hermana de Fernando, ubicó a uno mucho más joven que el anterior, más afable y acorde con la situación. El padre Luis Angel llegó a la sala, saludó a todos y pidió, con una sonrisa muy sincera, que los dejaran en la intimidad. Ya sabía cómo estaban las cosas y lo comprobó con las primeras palabras y gestos que le devolvió el anfitrión. Por ejemplo, cuando le contó de las innumerables cadenas de oración a Dios desplegadas por allí en orden a su recuperación.

Le explicó en qué consistía el rito de la unción de los enfermos, cuál era su sentido y alcances y nunca quiso saber si Fernando era más o menos creyente. Tampoco él lo interrumpió, cuando ya había pasado por todo este acto. Realmente, disfrutaba de esa compañía y del ambiente que se había creado.

“Por esta santa unción y por su bondadosa misericordia, te ayude el Señor con la gracia del Espíritu Santo. Para que, libre de tus pecados, te conceda la salvación y te conforte en tu enfermedad. Amén”. Con esas palabras, mientras marcaba la señal de la cruz repetidas veces sobre la humanidad de Fernando, el padre Luis Angel puso al enfermo en otras manos, menos profesionales pero más poderosas.

*

Nahir, la hija de Fernando, tenía 5 años por entonces. Lo había visto a su padre por última vez una noche de enero, cuando lo despidió y le dijo que volviera pronto. Dormía cuando él partió hacia la aventura. Y solo supo que había tenido unos golpes en un accidente, sin mayores detalles. Claro que quería verlo y preguntaba con insistencia cuándo podría hacerlo. Pero ni ella ni su padre estaban preparados para eso hasta que las circunstancias parecieron abrir una ventana en el tiempo.

Los amigos e Inés tomaron los recaudos que creyeron necesarios. Hubo una puesta en escena para evitarle a la niña impresiones desagradables, que sumaran nuevos conflictos a la ausencia. Se les ocurrió superar la crudeza de la situación con un montaje infantil, producto del ingenio conjunto. Disfrazaron las manos de Fernando con unas gruesas vendas y ocultaron con una enredadera de globos los sueros y monitores dispuestos en la cabecera de la cama. Completaron la escenografía con una pegatina en todas las paredes de los carteles que ella le mandaba, con dibujos, frases y besos.

Los globos eran parte de una escena ya habitual, ahora acomodada. El doctor Barcia, quien lo operó de las fracturas de caderas, le sugirió a Fernando que inflara unos 20 globos diarios para sostener actividad torácica y ayudar a fortalecer la musculatura, frente al reposo continuo y la casi nula movilidad corporal. Además, era una forma de recuperar ritmo y profundidad respiratoria.

Cuando entró a la sala, Nahir evitó cualquier intento de sujeción de su mamá y fue directo al encuentro con su papá. Nadie hizo nada para cuidar el contacto. Nadie pensó que podía haber algún daño en el roce o en el abrazo. Nadie lo pensó porque eso no daña... es el mejor remedio para un alma golpeada.

Los segundos siguientes fueron de total silencio. Solo se oían unos ruidos cortitos, espasmódicos. Las respiraciones se agitaron y las narices estuvieron complicadas para que el aire pasara libremente. Y se veían ojos sonrientes e inundados.

Ella, después de registrar en un vuelo rápido de su mirada todo lo que había en esa sala, soltó:

—¿Sabés una cosa, papi? Ayer soñé que sonaba el timbre de la casa y cuando abría la puerta estabas vos.

—Ya vas a ver que tu sueño algún día se va a cumplir, te lo prometo —alcanzó a decir Fernando. Y no dijo más.

Después de esa visita, Nahir se preparaba como una artista cada vez que iba a ver a su papá, para mostrarle todo lo que sabía hacer: bailar, cantar, jugar. Le explicaron que los globos que había en la habitación eran un regalo que su papá preparaba para ella cada vez que lo visitaba y no el resultado de un exigente ejercicio que necesitaba hacer diariamente para mantener alejado el riesgo de una complicación pulmonar por tanto tiempo de permanecer acostado sin movilidad alguna. En la clase de Plástica, hizo su primera carátula y pintó a su familia en el Aconcagua. A su madre, la dibujó embarazada y a Fernando, muy delgado y con las manos vendadas.

*

"La experiencia es el maestro más duro que hay. Primero te pone el examen y después te enseña la lección", le dijo, con esa voz tan suave y sabia, Eliana Comas.

Eliana era una compañera de trabajo. No importaba desde cuándo sino cuánto. Esas personas que la vida parece tener en reserva para que se hagan presentes en los momentos en que no encontramos el camino. Esa gente necesaria, como dijo el poeta.

De altura mediana a baja, menuda, con manos delgadas, mirada tierna y una paz genética, se sentó al lado de la cama. Se enteró en el banco del accidente de Fernando y prefirió guardar su visita para cuando las cosas estuvieran más tranquilas. O para cuando la vida le dijera que era el momento. Ese era. Una mañana, casi al mediodía, apareció en el sanatorio, justo cuando su amigo se encontraba solo en la habitación porque la enfermera que lo acompañaba había salido por unos instantes.

Como había pasado con algunos otros visitantes, pocos, Fernando soltó con ella una confesión desgarradora. Le contó de su estado de ánimo desganado, de sus recurrentes pensamientos de “tirar todo a la mierda” por lo que estaba pasando él y sus allegados, de su hastío por esas paredes sin sol y esa puerta blanca que era su única comunicación con el mundo. Y de su fracaso en la ascensión.

Eliana había sido uno de los apoyos más entusiastas que él tuvo para la expedición. Sin ningún conocimiento ni acercamiento al tema, ella había descubierto en ese proyecto una síntesis necesaria para su amigo. Y sabía que para él esa aventura no era un berrinche de verano ni una excentricidad de un tipo aburrido de su día a día.

Ella lo escuchó en silencio. Necesitaba cerrar una serie de demandas hacia su persona y quizás esa decisión, intempestiva pero sostenida por un largo año con la misma enjundia, sería la atinada. De cualquier manera, solo salir de la vorágine de años para encontrarse con una quietud mayor, no estaría mal.

Estaba escuchando su confidencia, cuando trajeron el almuerzo. Fernando lo apartó y explicó que no lo quería. Ella esperó los minutos necesarios, y con una paciencia abrazadora le cambió el ánimo y el rechazo. El flaco se acomodó para recibir, en silencio, la comida. Y comió.

Cuando terminó, ella lo saludó y se despidió diciendo:

—No seas más juez de vos mismo. Fernando, ya es hora de convertirte en tu propio amigo.

Muchas cosas se cerraron junto con sus ojos en ese instante. Y el sueño empezó a ser realidad.

Eliana salió del sanatorio y caminó un poco antes de emprender el rumbo a su casa. Necesitaba que algunas ideas sueltas encuentren donde apoyarse. Y pensó.

Pensó que a todos nos pega, al menos una vez en la vida, un llamado interior para hacer algo extraordinario. Pueden ser más llamados, pero no los atendemos a todos. Las tensiones acumuladas, progresivas, entre lo que somos por naturaleza y lo que decidimos que nos parece que deberíamos ser, en algún momento no soportan estar así nomás, como si nada, compartiendo el mismo cuerpo. Es ahí cuando piden que pase alguna cosa que permita descargar, alivianar la presión, y entonces aparece algún objetivo mayor que sacude la ordinaria sucesión de días ordinarios. La idea es ir por un nuevo estado, más estable o menos inestable, según quién y cuándo lo analice.

Son las señales. Son pequeñas o más grandes invitaciones a correcciones de rumbo, golpes de timón, para volver al camino principal. La intensidad de la señal tiene relación directa con el desvío de ese camino. Caprichos egocéntricos, acaso. Ilusiones o escapes, disfrazados y presentados como elecciones poderosas, encuentran sus límites en la extinción de la misión que les dio sentido como dadores de un mensaje. La vida le dio a alguien o algo la exquisita función de guía para orientarnos en el extravío. Entregada su carta de navegación, se va, dejándonos la interpretación. Al fin y al cabo, somos los capitanes de nuestra propia nave, sin opciones para no aceptar el cargo.

Lo que hacemos, nos hace. Las decisiones nos hacen.

También hay señales de que vamos bien. Son los estados de paz y armonía, cuando no hay que corregir nada y solo estar.

Somos muy buenos alumnos de las señales cuando registramos la vivencia. No siempre abrimos la ventana ante el llamado. Porque no lo escuchamos o no lo entendemos, todavía. Solo hay un aprendizaje cuando sentimos el momento. Es el momento en que estamos preparados para dar un salto hacia adelante y ocupar un nuevo estadio, más completo que el anterior, más sabio y sincero con nosotros.

Todo lo que estaba pasando era una enorme señal en la vida de Fernando. Eliana confió en que estaba preparado para interpretarla. Y se encaminó, recién entonces, sonriente, a su hogar.

*

La madre de Fernando se hizo presente todas las mañanas desde que él entró al sanatorio. Cada mañana, Olga le leía las principales noticias de los diarios locales. Ella buscó y encontró cómo armar un puente en ese contexto para alcanzarle su afecto. Siempre le transmitió tranquilidad y seguridad. Nunca se quebró anímicamente ni él la vio con un gesto preocupado. Eso también formaba parte de su ayuda.

Muchas veces, por las restricciones, tuvo vedado el acceso a la sala. Se quedaba en el pasillo, sentada en alguno de los bancos de descanso e, incluso, varias veces se volvió a su casa sin poder verlo. No falló un solo día. Y también recibió los mimos de todos los que andaban por la zona.

Las enfermeras la adoptaron. Ellas sí la vieron flaquear. En los pasillos afloraban sus peores pensamientos y por eso, varias veces, tuvieron que atenderla por bajas de presión y de ánimo. Adriana había pedido a sus colegas que siempre estuviera controlada, que le dieran charla, la miraran y hasta la acompañaran, dentro de las posibilidades de sus ocupaciones. La puerta de la sala, sin embargo, parecía tener un extraño poder sobre su espíritu. Cuando la cruzaba, era la mujer más fuerte y comprensiva del mundo. Cargaba sus hombros con reservas de buen humor y ternura y las depositaba en la cama de su hijo.

En el tiempo de internación se cayeron viejos muros. Hasta entonces, nunca habían sido lo suficientemente demostrativos de lo que en verdad sentían uno por el otro. Incluso, en la despedida antes de la partida a la expedición, Fernando sintió en aquel abrazo una sensación inédita. Quién sabe si las madres pueden percibir el futuro de sus hijos...

Uno de los temas conflictivos en la relación había sido la opción por la actividad gremial. O, mejor dicho, la intensidad de esa opción. Después de años de creer y suponer, de no compartir las vivencias y las motivaciones de su hijo, o no aceptarlas, el accidente y los días posteriores le habían traído una nueva mirada. Pasó muchas cosas y vivió, a su manera y sensibilidad, una experiencia muy emotiva.

Una de las mañanas, estaban solos en la sala y, entonces, aprovechó para confesarle a Fernando algo que no podía guardarse más:

—Hijo, cuando salgas del hospital, y te recuperes, quisiera pedirte una cosa.

Tomó aire para contener unas molestas lagrimitas.

—En estos días he podido observar el grado de solidaridad que te brindó tu gente. Ha sido para mí algo maravilloso. Por eso quisiera que apenas dejes el sanatorio salgas a trabajar por ellos, con más fuerza que nunca.

Entre lágrimas y besos, y antes de dejarlo, remató:

—Hijo, ¡no abandones tu lucha!

*

Tres veces más Fernando visitó el quirófano para que fueran completados los pasos restantes de recuperación de sus tejidos y de las fracturas. En todos los casos, recibía anestesia total, dado que requería ser cuidadosamente maniobrado. Y al cabo de cada intervención, la vuelta a la sala estaba matizada por su ensoñada inconsciencia, que se manifestaba pasando de un momento de llanto, al darse cuenta que había dejado atrás una nueva operación, a otros de expresiones casi irreproducibles por el tipo de lenguaje que utilizaba.

Las enfermeras y asistentes eran blanco de declaraciones amorosas de tonos variados, siempre a viva voz y todas muy directas. Sus amigos y el personal del sanatorio reían de buena gana con ese show, que de alguna manera ayudaba a bajar las tensiones de cada operación. El estado general de Fernando todavía era lo suficientemente delicado para guardar reservas sobre cada intervención en su cuerpo.

Una tarde, mientras una de las enfermeras procedía con una de las curaciones, hablaban de los distintos viajes al quirófano. Le preguntó cómo estaba de su última operación, ella le contó de una experiencia similar en la que el paciente había recuperado exitosamente el movimiento de sus caderas y de otras cuestiones afines. Al pasar, le comentó de sus lisonjas salvajes cada vez que dejaba el quirófano, recibiendo solo una huidiza mueca. Cuando terminó, ya saliendo de la sala, dio media vuelta y disparó:

—Fernando, ¿usted va a cumplir con todo lo que nos prometió a las chicas de enfermería?

La cara de Lourdes, la enfermera, fue un enigma para Fernando. No supo si reír o avergonzarse. Por las dudas, tragó saliva y cambió de tema.

*

La relación con las enfermeras fue cambiando a pasos lentos y firmes con el transcurso de los días. De aquellas cornadas iniciales solo quedaban vagas anécdotas. Los muchachos habían logrado entrar en su confianza por la mundana manera de relacionarse. Y ellas, a su vez, fueron reconociendo, a fuerza de evidencias, la entrega de ese grupo de hombres y mujeres que estaban escribiendo una historia especial en sus vidas profesionales.

Se apoyaron mutuamente, se cubrieron y acompañaron. Algunas de ellas, Adriana y Nora, por ejemplo, tomaron el caso con una dedicación extra. Después de sus turnos, pasaban a chequear que estuviera todo en orden y a despedirse hasta el día siguiente. Aceptaban visitas fuera de horario, atendían a la madre de Fernando y a su esposa y hasta compartían algunas reuniones gremiales o de amigos, cuando la sala pasaba a convertirse en una oficina o en un café y ellas estaban realizando sus tareas allí.

En alguno de esos días, el sanatorio entró en una zona conflictiva con su personal. Una administración anterior poco clara había llevado las cosas a un estado de confrontación por salarios adeudados y otros reclamos. Se sucedieron las asambleas de personal, los progresivos quites de colaboración y trabajo a reglamento. El ambiente iba enrareciéndose y los problemas comenzaron a manifestarse públicamente, en la calle, aprovechando la visibilidad de cualquier expresión masiva en ese lugar, próximo al centro comercial de la ciudad.

Algunas operaciones programadas fueron pospuestas, los turnos médicos se retacearon, las internaciones fueron reducidas y el malhumor fue *in crescendo*. Pero nada de eso afectó al caso Ayala. Incluso, en las ocasiones que hubo paros totales de actividad por tiempo indeterminado, donde solo se atendían casos impostergables, ese caso fue la excepción. Nunca fue un paciente más. La familiaridad con el personal era palpable.

Los sábados, la encargada de cuidar a Fernando era Betina. Ella llegaba a las 2 de la tarde, con sus bolsas cargadas de entretenimiento para todo el turno, hasta las 22 horas. Crucigramas, tejidos, revistas, galletas, mate, azúcar, una pequeña radio... una mudanza a réplica. Pero, al cabo, usaba poco de todo eso.

En la sala había un televisor, calzado en su soporte empotrado en la pared. Funcionaba con fichas, que lo habilitaban por un par de horas. Eso era parte del servicio que se ofrecía a los visitantes. Betina le confió a Fernando en una de sus primeras charlas que era miembro relevante de un Club de Fans de una reconocida figura del ambiente de la bailanta, en auge por esos tiempos. Y que esa música a ella la transportaba a un estado de felicidad y alegría que la ayudaba a sobrellevar con más facilidad las angustias de su trabajo. Ya había decidido, a esa altura, poner el canal *2*, donde *Tropicalísima* llenaba la tarde de cumbias, cuartetos, caderas meneantes, pasitos repetidos hasta lograr el contagio y una especie de anestesia indolora y dulzona.

En un momento, Betina quedó inmóvil. En la pantalla estaba "él". Carlos Aguilera y su legendaria "vueltita del amor" habían eclipsado sus otras ocupaciones. Ensayó unos tímidos movimientos, acompañando a su ídolo desde la trinchera del sanatorio. Lo miró a Fernando para preguntarle si le molestaría que suba un poco el volumen. Para su sorpresa, el paciente dormía plácidamente su sueño de calmantes. Y entonces soltó las riendas, dejando expresarse a su interior profundo. Iba de una punta a la otra de la sala como un trompo en competición. Espiaba cada tanto si el hombre despertaba, pero no dejaba de energizar esa sala con su excitación danzarina.

Repentinamente, Fernando se sobresaltó al abrir los ojos, tal vez al recibir el rebote de alguna onda betiniana. No entendió qué estaba sucediendo. El paisaje habitual de la sala era de escasos movimientos, lentos y medidos. No descifró, de inmediato, qué era ese cuerpo chispeante que en sus volutas dejaba en el aire fragancias fuertes. Cuando tuvo más clara la situación, esbozó una sonrisa y sus párpados lo devolvieron a otro escenario.

Y así fueron las siguientes tardes de los sábados, desde entonces. A pura pasión tropical.

*

Dos días antes de la fecha acordada para operación de las manos, se me pobló de incertidumbres el recreo de la esperanza.

Por la mañana, Héctor Garcés me comentó sobre la existencia de presiones de algunos médicos a las autoridades del sanatorio para que no autorizaran al doctor Pellizza a realizar la intervención. Sinceramente, no podía entender el alcance de los celos profesionales, que buscaban impedirme el acceso a una alternativa quirúrgica superior. Tantas cosas habían sido superadas desde el accidente, tantos esfuerzos humanos y de los otros, tantas muestras de grandeza de personas que no portaban otro título que la nobleza y en ese momento se derrumbaba todo...

Tuve la fortuna de pertenecer a la Obra Social Bancaria, que hizo pesar su contrato y alta participación en el sostenimiento mensual del Sanatorio Horcones. Al enterarse lo que estaba sucediendo, Sergio Palazzo solicitó la inmediata intervención de la Asociación Bancaria a nivel nacional para resolver la situación.

Gracias a eso, permitieron el ingreso de Pellizza para intervenirme.

—La operación se realiza como estaba previsto, en dos días —me aseguró Héctor.

La alegría duró tan solo unas horas. La humedad en mi espalda, pese a todos los recaudos, había impedido la regeneración normal de los tejidos afectados. El cirujano plástico tomó una decisión intempestiva. Decidió operarme al día siguiente, es decir el día anterior a la intervención de mis manos.

Me comuniqué urgente con el médico de Buenos Aires, para narrarle lo sucedido. Él apoyó mi posición, contraria a ser intervenido en dos días consecutivos, con un rosario de argumentaciones que iban desde el alto riesgo de infección en el quirófano hasta el peligro de los efectos por exceso de anestesia. Su conclusión fue contundente: en función de todas las prioridades, la espalda podía esperar.

Ya había decidido no aceptar el plan del cirujano y contaba con el respaldo de mis acompañantes y del doctor Pellizza. Más allá de eso, estaba enfocado en la operación de mis manos y nada que alterara ese objetivo cabía en el camino. Ya bastante me estaba costando eso, incluso.

Terminando la tarde llegó el cirujano plástico vestido de pies a cabeza con la indumentaria del quirófano. Me sorprendió su aparición, ya que nadie me había avisado ni preparado para eso, aun cuando yo no estuviera de acuerdo. Me mantuve en mi postura. El cirujano respondió con una catarata de justificaciones, que no cambiaron mi decisión, y se retiró de la sala profundamente ofuscado. Posteriormente, asentó en el libro de guardia que el paciente se negaba a colaborar y por lo tanto no lo seguiría atendiendo. Esto significaba que se liberaba de sus funciones y responsabilidades, solicitando que otro médico las asumiera.

El clima siguió espeso. Las enfermeras ya sabían algo más y lo comentaron bajo estricto compromiso de reserva. No eran ajenas al aumento del malestar entre Fernando y *el Sanatorio*. La ofensiva médica continuaría con el traumatólogo que en un primer momento estuvo a cargo de mis manos.

Había regresado de su licencia y algo sabía de los movimientos que se sucedieron en su ausencia. Pero vino como si no supiera nada. Antes de dejarlo avanzar en sus averiguaciones, me adelanté y le comuniqué de mi decisión de ser operado por el doctor Pellizza. Su reacción fue tan poco ubicada como la de su colega, horas antes. Como si trataran con una persona que gozara de perfecta salud, como si la charla transcurriese en una mesa de un bar cualquiera, y el tema de la discusión fuera si el árbitro se equivocó cobrando un penal. El intercambio verbal fue subiendo los tonos y concluyó en otro estremecedor y violento portazo final.

Después de una ardua tarde, el camino estaba expedito hacia mi elección.

*

Los días previos a la operación de sus manos, Fernando los vivió intensamente. Ensimismado en el propósito, en su recuperación y vuelta a casa, sabiendo de circunstancias bravas que vivía el gremio por esas horas y con una inconstante esperanza en el resultado. La vigilia fue penosa el día anterior. La psicóloga había hecho un proceso muy atinado, trabajando el día después de la operación. Pero para él era muy fuerte el día antes...

Debido al altísimo riesgo de infección, los profesionales prohibieron absolutamente todas las visitas en esos días. No hubo excepciones para nadie, ni siquiera el día de su cumpleaños. Tanta gente a su alrededor, tantos saludos y deseos, quedaron en la puerta, del lado de afuera. Una enfermera lo despertó para saludarlo y contarle que afuera había una especie de santuario, con carteles e imágenes, esperando que él los pudiera ver al día siguiente, camino al quirófano.

En vano, intentó relajarse luego de lo sucedido con el cirujano y el traumatólogo. La asistencia de sedantes no surtió el efecto deseado y permaneció despierto las cinco horas de una noche más larga que eso. A las 6 de la mañana, la entrada de Adriana y Nora a la habitación lo sorprendió: no era común verlas juntas trabajando. Sin embargo, no era un día más para ellas; se habían puesto de acuerdo para estar ese día las dos, preparándolo para la operación.

Con sus impecables guardapolvos blancos comenzaron a preparar todo el material que iban a utilizar. Fernando intentó hablar con ellas, como lo hacía siempre.

—Sssshhhhhhh —Nora le hizo un gesto de silencio, llevando un dedo índice a sus labios.

—No tenés que hablar, solo estar tranquilo —fue lo único que le dijo Adriana.

El rito se inició con un silencio neutro que envolvió cada movimiento. Primero, procedieron a desvestirlo completamente para facilitar un rasurado total. Luego lo higienizaron, propinándole un verdadero baño en la cama. Algunas lumbres mortecinas brillaron en la superficie del líquido desinfectante, que a jarras vertieron sobre su humanidad. El calor del ambiente secó la humedad del Pervinox en los minutos siguientes de la cuenta regresiva.

Con un cuidado extremo, afeitaron el pecho, las piernas y hasta los genitales.

En ese tiempo, unas dos horas, marcaron un claro contraste con los días anteriores. El clima agitado, las visitas y el ruido casi permanente, se hundieron en un silencio difícil de imaginar. Respetuoso, concentrado, prudente, angustiado, profesional, humano y cuántos adjetivos más podrían describirlo. Fernando observó lágrimas en las enfermeras.

Comprendió que la cotidianeidad del espanto no las vuelve impermeables al dolor. Un canal de fluencia y de desahogo se abría de manera incontenible para todos los que se encontraban en la habitación.

Adriana empezó a recoger sus elementos y de repente sintió que perdía los frenos que estaban activos hasta el minuto anterior. Trató de evitarla a Nora y siguió en su tarea, pero no pudo retener a su desasosiego. Apenas si lo contuvo, para no transmitirlo a borbotones.

El sonido chillón de una camilla se abrió paso en el aire inmunizado. Vinieron por él. Las dos enfermeras se ubicaron junto a la puerta y lo despidieron entre sollozos mal contenidos. En el tránsito posterior por los pasillos, su perspectiva le devolvió contraluces mezclados con siluetas y caras conocidas. Fernando estaba en un estado de tensión contenida, que se alargó hasta cortarse con la voz de Pellizza:

—Por fin llegó el macho, lo estaba esperando...

Solo entonces comprendió que estaba en el quirófano. El cirujano se puso frente a él y acarició su cabeza. Fernando vio una especie de aura que envolvía su figura... Intentó recuperar algo de seguridad y trató de entender el momento. Unos minutos después, la anestesia terminó de apoderarse de sus razones.

*

Nora se acercó a Adriana y la abrazó, como queriendo resumir allí el final de un largo y maldito momento. Se conocían desde hacía muchos años, eran de las más experimentadas del personal de enfermería del sanatorio, pero era la primera vez que una situación las había desbordado hasta el llanto.

—Adriana, esto es lo último que tiene que pasar Ayala —le dijo.

—Ojalá, Nora... ¿Cuántas batallas ganó desde que llegó? ¿Cuánto que peleó, que pelearon su familia, sus amigos y nosotras... y siempre hay una más...?

—Acordate cómo lo trajeron... ¿cuántos días estuvo a punto de cortarse? y salió adelante.

Respiró y siguió.

—Todo el amor que tuvo alrededor fue el mejor tratamiento. Está vivo, Adriana. Con mucha vida. Eso no lo perdió y no lo perderá.

—Sí, es cierto, pero va al quirófano a una amputación. Es una pérdida, Nora. Ni poco ni mucho, una pérdida —remarcó Adriana.

—La última factura del Aconcagua —respondió Nora.

—No sé... Me parece que quedan algunas sin pagar, todavía.

—Si es así, las pagarán entre todos los que están con él, que son personas extraordinarias. Nosotras dimos todo. No fue un caso más...

—Mirá que vimos tipos reventados, destruidos, y no sé por qué éste nos pegó así.

Un breve silencio hizo eco de esas palabras de Adriana.

—No lo sé, pero él tampoco tiene que saberlo. No lo ayudamos llorando encima de él... ya está, ahora vamos a esperarlo con la mejor cara que aprendimos en este trabajo ¿sí?

—¡Sí, Nora, sí! ¡tenés razón!

*

Finalmente, el doctor y su equipo lograron salvar el 90% de la articulación metacarpo falángica. Se reconstruyó también la primera comisura, es decir el espacio entre el pulgar y el índice. Los primeros resultados se observarían en unas tres semanas, cuando se liberara el colgajo. La idea de la cirugía era recuperar casi completamente la movilidad metacarpo falángica y parte del pulgar. Trabajaron para eso con la expeditividad y justeza que le daban sus antecedentes.

*

Abrí los ojos, nuevamente las luces del pasillo, pero ahora en retroceso. Un susurro explotó en mis oídos:

—¡Salió mejor, salió mucho mejor!

La figura de Darío me enfrentó sonriente. Pospuse mi sonrisa unos instantes en el momento en que percibí la inmovilidad de mi brazo derecho. Uno de los médicos notó mi confusión y rápidamente me aclaró que no me preocupara. Habían cambiado el plan original.

La estrategia previa, que finalmente no se concretó, solo contemplaba el salvataje de mi mano izquierda y un destino cruento para mi mano derecha. Pero luego de intervenir las extremidades, y en función de los huesos encontrados en buen estado, encontraron condiciones para ofrecer una mejor solución. Una vez concluida la tarea de limpieza de tejido necrosado, introdujeron la mano derecha, que revestía mayor peligro, en la zona inguinal. De esa forma, se reconstituirían naturalmente los tejidos en tan solo tres semanas.

En el momento que culminó con las felices explicaciones, concluyó mi viaje de regreso a la sala. Minutos después recibí la visita de Pellizza, quien mostró su entera satisfacción ante todas las expectativas que fueron superadas ampliamente:

—Con esas manos podrá sujetar las cosas, escribir, agarrar una cuchara, un cuchillo, un tenedor...

Lloré. Derramé redondas, eufóricas, jubilosas lágrimas. La sala era un coro de lágrimas.

Volvió al día siguiente para supervisar las curaciones y dictar las últimas indicaciones antes de su regreso a Buenos Aires. Su partida me produjo una aguda sensación de desamparo, pero pronto encontré refugio en dos excelentes profesionales locales, Gustavo Miskal y Gonzalo Guiara, misionados por él en la tarea del control diario.

*

15. VOLVER AL SOL

Es una lección que toda la historia enseña a los sabios, a poner la confianza en las ideas y no en las circunstancias.

Ralph Waldo Emerson

El posoperatorio en el sanatorio fue corto e intenso. Las primeras explicaciones de Pellizza y sus médicos asistentes, apoyados en fotos y videos de la operación, trajeron la confirmación de un resultado superador de lo esperado. Aunque con cierto rechazo hacia lo que les mostraban, mis afectos más cercanos pudieron observar detalles de la intervención y el cambio de estrategia. Sintieron una inmensa tranquilidad, al ser conscientes de que ya le estaban doblando la muñeca al destino.

Una semana después, el quinesiólogo retomó la tarea de la recuperación física. Compleja misión para otorgar movilidad a unos músculos con casi cuarenta y cinco días de internación. Un medio día, luego de varios ejercicios de rutina, Fernando se animó a terminar con el cerco de sombras:

—Gabriel, ¿tenés idea del tiempo que llevo en el hospital? —preguntó.

—Por supuesto que sí.

—Seguramente, sabrás también que sentí el sol por última vez cuando me rescataron de Plaza de Mulas.

—Claro, hace mucho tiempo —levantó la mirada buscando la puerta.

—Y nunca más lo pude volver a ver —subrayó la frase para que no quedasen dudas de sus intenciones.

Gabriel se levantó y le dijo que volvía enseguida.

Al cabo de unos minutos, Fernando escuchó un melódico silbido en dirección a su habitación. El músico en cuestión era nada menos que Gabriel, silbando, que regresaba con una silla de ruedas. La ubicó junto a la cama y con sumo cuidado logró sentarlo en ella. Luego le colocó una frazada y echó a rodar la silla hacia la puerta.

Superaron el pasillo y tomaron el ascensor que los condujo hasta el último corredor. De frente, la presencia de dos enfermeras marcó el último obstáculo. Actuaron con displicencia. La transgresión pasó por delante de ellas y la ignoraron. Ambos conocían perfectamente la prohibición explícita de abandonar la habitación, por lo que implicaba exponerse a nuevas infecciones. Gabriel continuó conduciendo la obra de suspenso, recorriendo los metros finales que los separaban del patio.

Al fin, un rayo de luz natural montado en una brisa cálida recibió al dúo y los abrazó a la vida. El quinesiólogo tomó prudente distancia para que el sol bañara de luz todo el cuerpo de Fernando. La sesión concluyó en el momento que la prudencia se manifestó víctima del exceso. Cuando llegaron a la sala, las enfermeras los retaron a ambos por igual. Ellos se defendieron como chicos traviesos. Felices.

*

Para saldar la cuenta de la espalda volví al quirófano a la semana siguiente, pero asistido por otro profesional, el doctor Ferrari, de una calidez humana sobresaliente. Como acto previo, reforzaron la asepsia de mis manos ajustando todos los vendajes. Se me administró anestesia local, por lo que aprecié parcialmente la crudeza de la intervención desde otra posición, extraña. Me intervinieron estando yo sentado. Esto facilitó la disposición del cirujano para maniobrar el bisturí, que introdujo en el muslo izquierdo de mi pierna. De allí extrajeron pequeños remiendos a los que llamaron injertos en estampilla. La impresión táctil trajo el recuerdo de ásperas raspaduras en el asfalto. Los colocó en una bandeja metálica, y luego, uno por uno, los cosió a mi espalda para completar las insuficiencias del injerto primario. La operación terminó pronto. Recién en unos cuantos días pudo confirmarse el éxito de su evolución. Resultó esta la última intervención en el sanatorio, ya que los médicos, encabezados por la doctora Corradi, aconsejaron un inmediato regreso a casa. Luego de evaluar mi situación, llegaron a la conclusión que tras dos meses y medio de internación y después de seis operaciones con anestesia total no vislumbraban la aparición de mayores complicaciones. Sin embargo, sí existía un peligro: de continuar allí, podría incorporar alguna infección extraña que echara por la borda todo lo conseguido.

—Mañana le vamos a dar de alta —me dijo la doctora Corradi en su visita de esa mañana—. Es necesario que ya deje el sanatorio y continúe con los mismos cuidados pero en su domicilio.

Luego me confesó, sin vueltas:

—Quiero decirle una cosa… a usted, a sus amigos y a los bancarios los tengo acá —mientras se colocaba la mano izquierda en la garganta.

Ya aliviada por su desahogo, soltó una sonrisa como nunca antes lo había hecho en ninguna de sus rondas de visitas anteriores. Seguramente, quedaba para ella, y para mí, la inmensa felicidad de un trabajo profesional cumplido a la perfección.

—¡Ah!... Y lo de mi gargantilla con forma de hoja de afeitar, que alguna vez me preguntó, tiene que ver con mi padre, pero no se lo pienso explicar.

—¡Cuídese mucho! —disparó, mientras trasponía la puerta de la sala, sin dirigirme la vista.

Pese a eso, pude descubrir que sonreía. Fue la última vez que la vi.

*

CUARTA PARTE

16. ¿VOLVER AL FUTURO?

Somos más sabios de lo que sabemos.

Ralph Waldo Emerson

Fueron casi tres meses los que permanecí internado. Largos. Enormes. Entré y salí acostado, pero con sueños distintos. Llegué hablando mucho y me fui mirando todo lo que podía, registrando en esos metros finales las caras que ya no serían cotidianas, los mosaicos amarillos y ese aroma a sanatorio que impregna todo. Casi tres meses antes no sabía si habría vida o cuánta en ese momento, hoy sabía que empezaba otra vida. Una revancha, un desafío, para ir descubriendo en los nuevos pasos unos cuantos aprendizajes no tan viejos.

En el torbellino de pensamientos se me cruzaron unos versos de una canción popular, de Alberto Cortez. Aquellos que dicen "ya ves cómo es la vida de caprichosa, da primero la espina y después, la rosa...". Cerré los ojos, y con una velocidad inmanejable, hasta impiadosa, pasaron mil imágenes por delante. O por detrás, mejor dicho. Estaba viendo con los ojos del alma.

En una serena contemplación, lejana, casi ajena, vi la película de mi vida en los últimos meses en un formato de asombrosa nitidez. En el límite de lo inteligible, empezaba a despedirme de un cuerpo viejo, con todas sus mañas, para recibir... ¿a quién?

Quien fuera que fuese el que viniera a ocupar mi tiempo, mi espacio y mi cuerpo, tendría que tomarse la vida con un poco más de calma que el anterior. Había límites físicos que respetar, dolores que negociar y tiempo... mucho tiempo para vivir. No sé si medido en años o en intensos minutos, para entenderlos sin prejuiciosas ansiedades.

Una sensación es muy difícil de transmitir. Cada uno la vive e interpreta según sus manuales genéticos y culturales. Hay veces que es difícil entenderla hasta para quien la vive. Algo de eso me pasaba a mí y creo que también a mis amigos.

Daniel, el *Colorado* y *Pollo* estuvieron conmigo en esos momentos previos a la vuelta a casa. Hablamos de lo fuerte que había sido la experiencia para un grupo muy unido, con antecedentes en pesares compartidos pero distintos a todo esto. Estos dolores dolían en otro lado. Una muerte cercana, una ruina financiera o algún final amoroso, por duro que fuera, duelen en las expectativas. Duele el futuro que ya no será.

Estos meses habían traído un estado de malestar, en el que se mezclaba incertidumbre con desasosiego. No faltaba futuro sino que era jodido el presente. ¿Qué imaginar? ¿Cómo? ¿Qué hacer en este instante y en el inmediato siguiente?

—No es fácil ver a uno de nosotros así... hemos vivido muchos años ya de cada vida y es la primera vez que nos pegan tan cerca las balas... —les dijo Daniel a los otros dos.

Pero el futuro no es más que el presente solo un tiempo más adelante. Otro presente. Por eso, sabio fue dedicarse a saborear cada instante, para que el futuro no pese más que eso, un instante. De solo vivirlo, ya es pasado. Ese fue uno de los primeros aprendizajes: vivir el presente, estar en cada ahora. No hay antes que vuelva, no hay después que espere por nadie. Ilusiones son, nada más. La vida es en este momento.

*

Me trasladaron en ambulancia desde el sanatorio hasta mi casa. Iba escoltado por mis amigos, como fieles custodios que pretendían evitar miradas indiscretas de casuales curiosos.

Descubrí algunas formas familiares en esos arbolitos que desfilaban por la ventanilla de la ambulancia. Ver algunos frentes de edificios y casas estimularon mi segregación de adrenalina, como le pasa a un niño cuando sabe que está cerca de la plaza. Estaba volviendo al punto de partida, a cerrar un círculo. Sentí esa proximidad.

También tenía una innegable alegría por volver a estar con mis afectos pero en mi territorio. Todo lo que se armó en el sanatorio fue, al fin, una réplica de escenarios. Este era el original.

El despliegue de vehículos sacudió la tranquila mañana del barrio. Cuando se detuvo la caravana y la ambulancia maniobró para enfocar su parte trasera en la puerta de mi casa, no quedaron dudas en los vecinos. Varios de ellos eran miembros de la comunidad local desde antes que yo llegara a esa casa. Amigos de mis padres, me vieron crecer, salir y volver varias veces. Esta vez era especial.

Crucé algunas miradas, pocas, sentí caricias y sonrisas, vi caras y ojos húmedos, escuché deseos y olí aromas cercanos. Todos los sentidos estimulados, y creo que hasta había más de cinco en juego...

*

Para evitarle a mi hija el impacto de verme en camilla, resolvimos ejecutar un minucioso plan. En primer lugar, a la hora convenida Daniel Sanzone se encargó de alejar a mi hija de casa con la poderosa excusa de ir de paseo. En ese lapso, yo ingresé a la casa. Acto seguido, otro grupo de amigos me pasó a una silla de ruedas, demorando mucho más de lo previsto debido a la lentitud de mis movimientos. Una vez concluida esa tarea, me escondieron en la parte posterior de la casa, y avisaron al comando infantil que estaban dadas las condiciones para traerla de vuelta. Cuando ya estuvieron allí, me condujeron por una puerta lateral hasta el frente de la casa, aprovechando un circuito que no pasaba por el interior de la misma.

Intenté alcanzar el timbre con el brazo izquierdo, pero no alcancé la altura necesaria. El problema pudo solucionarse con la asistencia del *Pollo*, el *Manzana* y el *Colorado* ayudándome a levantar mi cuerpo unos pocos centímetros. Galopó mi corazón cuando finalmente presioné el botón con mi mano izquierda, cubierta de vendajes. Segundos después, Nahir abrió la puerta.

—Papá, ¡volviste!, ¡volviste! —me dijo con lágrimas que corrían por sus mejillas.

—Hija, estoy de vuelta en casa, como en tu sueño —le dije sollozando.

Sus dos pequeños brazos abiertos me condujeron hacia una enorme sonrisa, que enseguida tomó forma de beso apretado. Mi cuerpo se sacudió hasta las entrañas, olvidando todas sus limitaciones del momento. La escena se completó con un coro de respiraciones entrecortadas.

Mientras tanto, Daniel y Darío comenzaron a organizar lo inmediato y fueron comprometiendo gente para la agenda de los próximos días. El sanatorio había resuelto profesionalmente una serie de cuestiones que a partir de ese momento pasaban a ser responsabilidad de los familiares y del grupo de amigos. No estaba claro todavía cuántas tareas habría por delante, qué dificultades tendrían en realizarlas, por cuánto tiempo se extendería ese proceso ni cómo las llevarían a cabo. Lo que sí estaba claro era su satisfacción por estar allí, en casa, con Fernando vivo y en plena recuperación.

Todo lo pasado sería un rico anecdotario, con matices disparadores de emociones diversas. Pero pasado, al fin.

El presente era glorioso para todos ellos, porque cada uno puso un pedacito para esa gloria grupal. Desde conseguir un helicóptero hasta llamar a una enfermera. De acompañar a Inés y a Nahir hasta traer a un médico de Buenos Aires. Rezar, abrazar a la madre de Fernando, buscar sangre, hacer trámites, trasladar a su hija, pensar, discutir, hacer silencio, estar, putear, seguir estando...

Salir de esa casa y dejar al amigo junto a su familia descansando adentro, era el cierre de un círculo para ellos también. Y lo celebraron como hombres: abrazados y emocionados. Sin filtros. Amigos del gremio, amigos de la vida, el pequeño comando que había ganado una batalla tremenda, se regaló un festejo íntimo, necesario.

Lo bueno no es eterno. Pero es posible saborearlo como bueno. Cuando habían dado la vuelta de abrazos, Daniel Sanzone llamó al grupo al orden:

—Muchachos, está todo bien... no sé si me corresponde, pero quiero decirles gracias a todos... —les dijo, mientras su voz sostenía un difícil equilibrio. Y siguió...—. Pero esto no terminó. A reponerse, porque ahora viene otra etapa, en la que vamos a estar tan atentos como en la que acabamos de superar... esta noche te toca a vos *Colo*, ¿sí?

El *Colorado* asintió y se fueron yendo cada uno para su destino. Empezaba otra etapa.

*

La casa que dejé en enero guardaba todas sus formas externas y solo algunas internas. El comedor se convirtió en una sala de cuidados intermedios. Los muebles habituales fueron sustituidos por una mesa con un arsenal de medicamentos, la anestesia del televisor fue a parar a una esquina y en el centro se ubicaron dos camas, una ortopédica y otra convencional, para el acompañante de turno. La cocina pasó a ser un lugar de encuentros y tertulias. La entrada, una barrera con guardianes. El patio, la sala de fumadores. Mi dormitorio, un refugio para Inés.

Así comenzó el tiempo de recuperación más efectivo, el que pueden conducir los afectos. Con todos los riesgos de la inexperiencia en el rubro y con la enorme seguridad del amor sanador.

*

Una de las primeras noches, Darío y Daniel Sanzone estaban de acompañantes. Fernando les pidió que lo dieran vuelta en la cama. Ellos, con sumo cuidado, empezaron a girarlo y de pronto escucharon un fortísimo *crac*. Luego, se hizo un silencio espantoso, y al cabo de unos minutos él se durmió. Los dos salieron fuera de la sala, ambos temblando por la tensión, se miraron y Darío soltó:

—¡Qué cagada nos mandamos!...

Solo fue un susto porque las radiografías posteriores no reportaron ningún problema.

Así se sucedieron mil anécdotas. El cuidado nocturno, especialmente, estaba asociado a deseos de Fernando que muchas veces lindaron con el capricho. Luego, en la mañana entregaban el turno y el carácter del paciente a un grupo de enfermeras encargadas de su atención. Pero había otras actividades en las agendas: llevar diariamente a Nahir a la escuela, acompañar a Inés, embarazada, a cada consulta médica, y hasta disponer los turnos y pagos de los servicios extras de enfermería.

La disposición de sus amigos y familiares superó cualquier lógica previsible. Ellos lo asumieron con una disciplina que muchas veces excedía los límites de la razón y de las circunstancias. Tal fue el caso de Jorge, uno de los guardianes de la noche, quien un día se disculpó telefónicamente por ausentarse del turno previsto. Llamaba desde un hospital pediátrico, porque su hija se encontraba internada en terapia intensiva.

Por otro lado, y siguiendo con la práctica instalada en el Sanatorio Horcones, desde el sindicato acudían regularmente en grupo para concretar en su casa reuniones gremiales para ayudar a mantener la mente de Fernando ocupada en otras cosas que no fuera su salud.

Los momentos más graciosos, por llamarlos de alguna manera, fueron los vinculados con las necesidades fisiológicas depurativas. Darío, uno de los que más noches pasó en esa casa, fue cambiando puteadas por silencios con el paso de las veladas. Una cosa era pensarlo y otra, parece que bastante distinta, fue hacerlo. La rutina de girarlo, sostener la chata y el paciente al mismo tiempo, esperar que los hechos acontecieran, despejar la zona y asear las partes íntimas de Fernando, por repetida fue resignando sus emociones hasta apagarlas. Lo que no había hecho con sus dos hijos mayores y tampoco con el más chico de un año, cambiarle los pañales, lo tenía que hacer ahora con este tipo... El amor es más fuerte, decía una canción de los años 70.

Otro de los amigos, el *Pollo*, al tanto de eso, le disparó una noche, sin filtros:

—¿Has ido de cuerpo estos días?

—Hoy no y ayer, poco —respondió Fernando, ya mecánicamente.

—Bueno, entonces esta noche aguantá las ganas si te vienen, porque yo no te voy a limpiar el culo...

Pero también había momentos gratos. Una mañana, el *Pollo* y Daniel Sanzone aparecieron fuera del día y horario que les tocaba.

—Venimos a mejorar tu *look* —explicaron a dúo.

Inmediatamente, el *Pollo* abrió una caja con elementos y accesorios y comenzó su tarea de improvisado peluquero, en un intento por darle al cabello de Fernando formas más parecidas a las de una persona normal. Daniel se encargó de distraerlo con una andanada de chistes. Mientras, el *Pollo* avanzaba..., corrigiendo con retoques y más retoques su poca pericia en el tema. Una vez cumplida la misión, le acercaron un espejo para que juzgara el valor del peluquero. No pudo creer lo que ya sospechaba: estaba totalmente calvo. Gracias a que estaba postrado, todo terminó en risas...

*

17. EL DOLOR ES EL CAMINO

Una batalla perdida es una batalla
que uno cree que ha perdido.
Jean Paul Sartre

A los pocos días, mediante otra operación con anestesia general, me separaron la mano de la ingle. Regresé con un tosco vendaje, que revistió un aspecto similar a un guante de boxeo.

Entretanto, Gabriel prosiguió con su trabajo de recuperación quinesiológica. Sus primeros estímulos se concentraron en reforzar mis condiciones físicas, que mostraban un aspecto deplorable. Mi peso apenas superaba los sesenta kilos, de los noventa que pesaba al momento del accidente. Había perdido mucha masa muscular, producto de mi posición sedentaria, y mi figura lucía un pronunciado encorvamiento. Por lo tanto, aumentó la frecuencia de ejercicios a tres sesiones semanales, en las cuales trabajó simultáneamente todas las zonas afectadas. Luego de cierto tiempo de actividades, empecé a enfrentar mayores desafíos.

Varias veces yo le había preguntado a él, en el sanatorio, cuando podría pararme. "Ya va a llegar el momento en que vas a poder pararte". Siempre me respondía con serena firmeza, para que yo no perdiera energías pensando en lo mejor cuando había que enfocarse en lo necesario. Preparar el conjunto, graduar los avances, complementarlos, recuperar estados y hábitos con precaución, cautela y precisión. Él sabía lo que hacía.

Para alguien que está postrado, pararse no es una posición más que se recupera. No es solo un mérito físico o mental. Es volver a lo natural, al estado previo al evento que quebró la normalidad. Por eso, el cuerpo necesita llegar a ese instante en un progreso parejo, balanceado, en el que la alegría por el hito alcanzado se viva en cada rincón por igual. La alegría de estar vivo, naturalmente.

Una mañana, en una de sus visitas habituales y luego de algunos ejercicios que ya eran una rutina, Gabriel me pidió que me sentara en la cama, girara lentamente el cuerpo y que mis piernas quedaran colgando, fuera de ella. Después de un breve descanso, me dijo:

—Llegó el momento, Fernando —haciendo un guiño y sonriendo al mismo tiempo.

Luego, siguiendo sus instrucciones, comencé a bajar mis pies hasta llegar a milímetros del piso. Mientras Gabriel seguía mis movimientos en silencio.

Domé el corazón con las riendas de otra larga respiración, ensayada, que me puso en condiciones de asumir el próximo reto. Nos miramos fijamente. Recuerdo ese momento como un permiso a la libertad, a mi libertad reparada.

—Mirame..., confiá en mí —me dijo.

Eso hice. Ante el guiño tácito de mi aprobación, pasó sus brazos por mis axilas para levantarme el torso. Mis pies comenzaron a temblar cuando se apoyaron en el piso y el cuerpo depositó en ellos todo su peso. Su escaso peso. Al fin de pie, solo pude sostener mi posición por unos pocos segundos. Suficientes y eternos, a la vez, para que se me llenara el corazón de alegría. Era un vuelto que le debía al Aconcagua.

Con Gabriel compartimos muchas horas. Me contó de la relativización que hacían algunos médicos de su tarea frente a los logros de aquellos. Por caso, el traumatólogo tenía la misión de juntar los huesos, ajustarlos mutuamente y que el resto del proceso se diera naturalmente. Una vez soldadas las partes, ya había cumplido. El quinesiólogo tenía que hacer que eso funcionara, en una compleja confluencia armónica de tendones, músculos, paciencia, voluntades y emociones. Por eso apostaba a una experiencia conjunta con el médico, para diseñar la estrategia, como había sido en este caso. Los resultados estaban empezando a verse.

Los días siguientes aposté esfuerzos adicionales que me permitieron, de a pasitos, superar nuevas marcas. Reemplacé luego los brazos del quinesiólogo por un andador. En este nuevo vehículo mejoré notablemente mi performance, hasta que vencí la distancia del primer metro.

La semana siguiente Gabriel decidió romper el encierro con un corto paseo por la vereda de casa. El primer impacto fue un crudo golpe del recuerdo, cuando más de tres meses atrás, desde aquel mismo lugar me embarcaba a la aventura. Mi sensación posterior fue abortada por los vecinos, que al verme vinieron por saludos, preguntas y una pueblada de afecto, como el día de mi regreso. Solo que esa vez no estaba muy sociable, invadido por múltiples sensaciones.

Me sentí tan seguro como cuando niño jugaba de una vereda a otra, conociendo como única frontera los límites del barrio. Tal vez, por esto, allí me animé por primera vez a exhibir las manos vendadas.

A medida que registraba avances en mi rehabilitación, Gabriel apretaba el acelerador. Yo sabía que el desafío era para ese lado, y trataba de convencer de eso a mis dolores. Me quejaba, maldecía. Hasta que escuché una de sus mejores lecciones. "El dolor me marca el camino, no es un límite sino un puente hacia un estado de mejor estar, un nuevo equilibrio, después de superarlo". Lo que el cuerpo enseña, lo enseña para la vida.

*

El doctor Guiara, responsable del seguimiento de la evolución del proceso traumatológico, comenzó a visitar la casa de Fernando. No tenía horarios fijos, por lo que podía encontrarse con distintas personas cada vez. Algunos eran conocidos. Otros, no.

Su trabajo era relevar cómo avanzaba el proceso recuperatorio, considerando las molestias, dolores, si había inconvenientes en la práctica quinesiológica, si se iba haciendo más fluido el movimiento, y otras observaciones. Estaba poco tiempo en todas sus rondas y generalmente no hablaba con las demás personas presentes, para enfocarse en el propio paciente.

Lo que para él era habitual, para los amigos de Fernando no lo era. Acostumbrados a preguntarle a todos los que tuvieran algo para decir sobre su salud, en el caso del doctor Guiara encontraban una pared. Y es probable que alimentaran, mutuamente y sin causa seria, algún recelo cruzado.

Guiara lo notó y empezó a incomodarse por el ambiente. Una de las veces, cuando regresó a la clínica, fue a buscarlo al doctor Miskal, su par en el caso Ayala.

—Gustavo, vos sabés que no me está gustando esto de ir a la casa de Ayala.

—¿Por? ¿Qué te dijo? —le preguntó Miskal.

—No, él nada, pero no me gusta el ambiente... siempre que voy hay un par de tipos y hay un silencio pesado... como si me estuvieran estudiando, no me dejan nunca solo con él... No entiendo cómo puede ser que lo cuiden tanto.

Miskal se rió con ganas al ver la cara de su colega y escuchar sus conclusiones.

—Pero te hablo en serio, Gustavo. ¿No podemos averiguar algo del tipo? A ver si nos estamos metiendo con gente jodida...

—Yo creo que necesitás mirar más televisión con tus hijos, Gonzalo. Te falta magiaaaaa... —y se fue, dejando que la "a" final le taladrara la cabeza al doctor Guiara.

Cuando regresó a su casa, lo primero que hizo fue prender el televisor y buscar esos canales para niños.

Al día siguiente, llegó a la casa de Fernando con una canasta de sonrisas.

*

Los esfuerzos por superarme me reportaron algunos síntomas de recuperación física pero no bastaron para compensar un agotamiento general que empezó a doblegarme el ánimo. En ese marco general, una mañana me llevaron a la Clínica San Alberto para retirarme los vendajes de mis manos. Una elocuente verdad se fue descubriendo lentamente hasta que la última venda de mi mano derecha dejó al aire, a la vista y al espanto, un puñado de carne de aspecto mortecino, oscuro, brutal. El médico tampoco pudo ocultar su gesto, referencia esta por la cual especulé lo peor.

Hasta aquel momento guardaba en mi inconsciente una falsa esperanza que cayó redonda y amputada. Mi autoengaño se afianzó en las sensaciones de movimiento cotidianas. Claro, si dejamos las manos suspendidas, rara vez sentimos las yemas de los dedos. Su ausencia es tan notoria que los extremos habitualmente pasan inadvertidos. Contrariamente, lo que reportó el primer golpe de vista fue contundente. Los dedos ya no estaban; apenas eran un recuerdo o la confirmación del síndrome del miembro ausente.

El límite de lo salvado formó un colgajo de tamaño y forma grotesca y fuera de todo juicio estético. La herida tampoco evolucionó como se esperaba. El médico contuvo las precipitaciones de lo coyuntural y optó por la espera. Ambos supimos perfectamente el destino que me esperaba en caso de persistir el mal estado. Un profundo temor de nuevas amputaciones me devoró el ánimo.

—El riesgo siempre está, Ayala —me dijo el doctor Guiara.

Y siguió, como si yo fuera un profesor escuchando su examen.

—Hay que esperar que los vasos revascularicen la piel injertada. Es decir, como la piel cambió de posición, en determinado lugar las arterias tomaron una curva. Allí, justamente, hay una posibilidad de una trombosis, que taparía la irrigación y se perdería el injerto.

Ok. Tanto quería saber yo de todo lo que me hacían y harían, que tenía que aguantar estas explicaciones como si me contaran de otro paciente. Si bien ya no estaba en el sanatorio, se trataba del mismo paciente y el mismo cuerpo: yo. Eso fue como beber un vaso grande de conciencia "a fondo blanco". Seguía en tratamiento y habría más pruebas que superar. Como con los dolores.

Las jornadas siguientes fueron largas, profundas, angustiantes. Observé el panorama como quien mira desde un profundo pozo, reaccionando, aislado, negado a colaborar con quienes colaboraban conmigo. Mi aspecto físico corrió la misma suerte: abandoné los ejercicios y hasta el aseo. En el lapso de veinte días mis movimientos se limitaron exclusivamente a respirar. Y maldecir hasta a mi sombra.

Los médicos tomaron mis reacciones como lógicas, producto de la vorágine vivida. Mi entorno afectivo no entendió lo mismo, tal vez cansados de lo que estaban sosteniendo y, por eso, plantándose ante mi actitud.

Mi esposa fue la abanderada. Su actitud firme me sacudió, porque fue distinta y distante, por primera vez:

—Tenés relativo derecho a sentirte mal. Fue tu decisión embarcarte en este proyecto. Cuando asumiste esta aventura sabías que podrías enfrentar este riesgo. No lo quisiste, está bien, pero en todo caso debés dar gracias porque estás vivo. Si vos no querés seguir, si no querés ayudar, pues nosotros tampoco seguimos…

Terminó, se fue y quedé solo con mi alma en esa habitación. O ni mi alma me acompañaba.

*

18. VITAMINA B

Cuando sueñas solo, solo es un sueño; cuando sueñas con otros, es el comienzo de la realidad.

Helder Cámara

Los días se sucedían sin ninguna señal de reacción anímica de mi parte. Mi cabeza iba produciendo una devastadora demolición a mi autoestima. Cada vez registraba menos quién se acercaba a verme, comencé a rechazar los cuidados más elementales, desde resistir la necesaria asistencia para mi higiene y rasurado hasta llegar a una rebelión incomprensible a seguir recibiendo medicación. Las compañías me resultaban insoportables, solo quería estar solo y no escuchar a nadie. Una profunda depresión se había apoderado de mí, haciendo casi infructuosos los intentos de la psicóloga, que comenzó a visitarme día por medio.

Uno de esos días, uno más sin deseos, un llamado telefónico logró conmoverme. La comunicación provenía de Buenos Aires y el apuro disparó los vocablos:

—Se cayó el banco, hermano. Ya estoy regresando a Mendoza y del aeropuerto voy directo a tu casa.

Del otro lado del teléfono estaba Sergio Palazzo, quien me confirmó lo que hasta ese momento era solo un rumor. Lo que nos parecía improbable se había convertido en realidad.

Se dispararon en mí sensaciones y recuerdos vividos en el banco, rostros de compañeros de trabajo, tantos momentos compartidos. La vida de esas mil doscientas familias estaba ahora al borde de la incertidumbre. O de horribles certezas.

Exactamente tres horas después Sergio llegó a mi domicilio. Sentado al borde de la cama me dio detalles de la grave situación. El banco sería suspendido en su operatoria normal al día siguiente. Era necesario convocar a todos los delegados gremiales de la provincia para organizar la resistencia. Antes de retirarse, cuando ya era casi medianoche, me repitió por última vez:

—Necesito contar con vos, ¿podrás?

—Sí —le respondí sin dudar.

Sentí que podría ser útil. Y sentí, además, que eso era una inyección de vitaminas para mi cuerpo postergado. El cansancio de los meses anteriores, de las idas y vueltas, de los progresos lentos, de los huesos rotos y las manos destruidas, de la rehabilitación infinita y la angustia sin fin, se terminaba en un intenso para qué. Era el motivo que necesitaba mi alma para despegar de esa maldita cama y arrastrar a un cuerpo dolido. La razón vino en avión, en el último vuelo del día Buenos Aires-Mendoza.

Debido a mi condición, le pedí a Sergio que dispusiera los medios necesarios para que a primera hora del próximo día me pasaran a buscar.

A las 6.30 de la mañana siguiente estuve dispuesto para el aseo y la afeitada. Llegaron cuatro compañeros del gremio, que ayudaron a vestirme. Coordinaron, con infinita paciencia, cada uno de sus movimientos, para no desbocar dolores que alteraran mi delicado e inestable equilibrio emocional. Me arroparon con una elegancia bien formal: camisa, corbata y traje. Luego, me sentaron en la silla de ruedas, de allí al auto y al gremio.

Allí me reencontré con muchísimas personas. El intercambio fue una mezcla de sensaciones personales y políticas, todas intensas para mí. Se confirmó que la suspensión de todas las funciones del Banco Mendoza, el mayor de la provincia, se haría efectiva desde el próximo día. El banco cerraba sus puertas.

Se realizó una larga reunión para analizar la situación, sus detalles, y actuar en consecuencia. Durante toda esa larga jornada tuve el atrevimiento, la osadía o simplemente la imprudencia de deambular asistido únicamente con andador y bastón. De esta forma, abandoné la silla de ruedas antes del tiempo previsto por los profesionales a cargo de mi recuperación. Pero mis piernas estaban sostenidas por dosis extremas de Vitamina B, la misma que animaba a todos los que deambulaban por esos pasillos. La B de bancarios. Y de bravos, claro...

Finalmente, se definió una convocatoria a la totalidad de los trabajadores del banco para las 8 de la mañana del día siguiente, fecha y hora coincidentes con la suspensión. Terminada la reunión, me regresaron a casa. Tal vez me doliera algo, pero no era el corazón, seguro.

Me costó dormir, pero no por los dolores físicos, como había sentido durante tantas semanas. Era la primera vez que me pasaba por otro motivo: la ansiedad de volver a la lucha.

*

La cita del próximo día fue en la Casa Central del Banco Mendoza.

El edificio reportaba serios inconvenientes para el acceso a personas con movilidad reducida. Producto de esta dificultad, finalmente llegué a la asamblea cuando ya se había iniciado. Más de mil personas colmaban cada rincón de un amplísimo espacio. Había gente en el piso del salón principal, en los balcones-pasillos del primer piso, en las escaleras... En un improvisado montaje con pretensiones de escenario, el secretario general dirigía su discurso encendido a esa multitud.

Desde el fondo del salón fui descontando los metros que me separaban del improvisado escenario. A cada paso observé las angustias que invadían los rostros. No sé qué veían de mí. Después de casi cuatro meses, muchas de esas personas tenían que mirarme bien para conocerme. Flaco, demacrado, medio desarmado para caminar, con el gesto impasible, las manos totalmente vendadas, sudoroso y frágil. Aún con todo eso, unos minutos después llegué a la espalda del orador.

Sin quererlo, sin saberlo, quizás, la atención de la gente se dirigió hacia mi figura mórbida. La enjundia de Sergio abrió un paréntesis, para permitirme llegar a su lado con un gesto afectuoso y que mil sensaciones jugaran sobre una murmurante onda de ida y vuelta. Recibí un abrazo gigante y una ovación inolvidables.

Solo devolví el afecto con una simple confesión:

—Vengo a luchar junto a ustedes —brotó de mi boca, al borde del llanto.

Gracias a esta lucha volvía a encontrar mi lugar en el mundo, con renovadas fuerzas para dar batalla hasta el final. En todos los campos.

Sergio terminaba su encendida alocución de manera rotunda:

—A partir de este momento, ¡el banco está tomado!

*

19. MINUTOS

La muerte no existe, la gente solo muere cuando la olvidan; si puedes recordarme, siempre estaré contigo.

Isabel Allende

A partir del día siguiente, quedé a cargo de la situación en Mendoza porque el secretario general partió nuevamente hacia Buenos Aires para continuar las negociaciones.

El resto de la jornada continuó muy tensa. La información recibida fue desalentadora, las tratativas se complicaron notablemente y todo llevaba hacia un mayor endurecimiento de la posición gremial. Decidí convocar a una nueva asamblea general para la mañana siguiente. Allí, y con más de mil compañeros presentes, anuncié que echaríamos a los inspectores y funcionarios del Banco Central. Ellos se encontraban, en esos momentos, en el mismo edificio para hacer cumplir la suspensión.

Inmediatamente, más de trescientas personas subieron hasta las oficinas donde se habían atrincherado los visitantes, y dieron comienzo a las hostilidades para hacerles sentir toda la indignación y rechazo que causaba su presencia en el lugar. Los muebles, puertas y ventanas del edificio fueron los instrumentos de una colosal orquesta, furiosamente armónica. Estaban decididos a extender ese concierto, y todo lo que hubiera que hacer, para no perder sus puestos de trabajo.

Los inspectores y funcionarios pidieron una reunión conmigo. Eran 10. Si bien no estaban entrenados para estos ambientes extremos, tampoco eran de esos tímidos técnicos que solo entienden de libros y planillas. Sabían dónde se metían y con quién. Por eso mandaron a 10, a estos diez, para enfrentar a más de mil.

La policía estaba fuera del banco, negociando con los nuestros para que desalojáramos el edificio o si no lo harían por la fuerza. Ellos eran la ley afuera. Nosotros éramos *la ley* adentro. Dispuestos a todo.

Cuando llegaron a la oficina del gremio donde los esperaba, entraron el que era gerente general del banco en ese momento y el jefe de Inspectores del Banco Central. Esperaron, en vano, que los invitara a sentarse. Ignacio Llopart y Héctor Garcés quedaron a una distancia expectante. Con movimientos medidos, por mi escasa flexibilidad y poca paciencia, les pregunté qué querían. Imagino lo que pudieron imaginar ellos: a pesar de encontrarse en un escenario plagado de gestos duros, también vieron una presencia poco intimidante en sí misma. Les debió haber costado digerir que ese flaco desgarbado y apenas parlante tuviera semejante incidencia sobre la situación.

Ellos representaban al Banco Central de la República Argentina, con todo su peso legal y político. Quisieron presionar para que facilitáramos las cosas, que no nos pusiéramos en un lugar reactivo casi ingenuo y otras cosas por el estilo. Llevaron el trato a una oferta de armisticio, pero con nosotros fuera del edificio.

Mi condición física era realmente incómoda, a esa altura. En un esfuerzo límite, que buscó certeza absoluta por solo un instante, el suficiente para entregar el mensaje y no discutir más, junté las reservas de energía y aplomo que había por todo mi cuerpo y atiné a decir:

—Quince.

Los tipos me miraron y se miraron entre ellos. Aproveché la confusión e insistí:

—Quince.

Rompió el silencio el jefe de la otra parte, un oso de unos cuarenta y pico de años.

—¿Quince qué? —preguntó de manera insolente.

—Los minutos que tienen para irse del banco... Hasta ahí, yo les garantizo su integridad física, adentro y afuera del edificio. Después de eso, ya no. Ni adentro ni, menos, afuera.

La fría mirada que acompañó esas últimas palabras completó la fiereza del mensaje. No era una negociación.

Conversaron algo rápido entre ellos y empezaron a darse vuelta. Entendieron que el reloj se había puesto en marcha.

—Y se van sin papeles… —terminé.

La rendición era incondicional.

Aceptaron, solo pidieron que se respetara la condición sobre su integridad física.

Confirmé mi promesa. Pedí a Ignacio y a Héctor que acompañaran a los visitantes hasta la puerta para asegurar que se retiraran del edificio en el tiempo establecido. Con la experiencia adquirida en duras lides gremiales, rápidamente coordinaron con el resto de los dirigentes un dispositivo para que se formaran dos largas filas de trabajadores, a modo de pasillo, por donde transitarían los visitantes hasta la salida del banco. Buscaron sus efectos personales y atravesaron ese corredor humano, recibiendo todo tipo de insultos y escupitajos de los enardecidos bancarios, dispuestos a defender a cualquier costo su trabajo. Todo esto ocurrió dentro de los quince minutos.

El pánico los persiguió hasta el aeropuerto. Las repercusiones de estos hechos en Buenos Aires inclinaron radicalmente las negociaciones a nuestro favor.

Cuando todos se fueron, mis pobres reservas físicas los siguieron. Quedé solo en esa oficina, desplomado, buscando gotas de aire para mantener un mínimo umbral de mi vitalidad. Me sentía devastado. Minutos después, la vida se apiadó de mí y me devolvió alguna precaria sensación de serenidad por haber cumplido con mi intención y con la gente.

*

Era la noticia más fuerte de los últimos años en la provincia. Los canales de televisión y las radios estaban al acecho por las novedades, transmitiendo en vivo. Tenían a sus móviles plantados en la puerta del banco. Al mediodía, la ciudad entera estaba frente a los televisores esperando por lo último que podían contarles. El corazón financiero de la región latía con muy poca fuerza, casi herido de muerte.

Adriana Figueras se paró frente al aparato de TV en su casa. Estaba cocinando y dejó su tarea por un rato. Cuando se sucedieron los testimonios de los empleados del banco se le corrieron las lágrimas. Había sido parte de ese gremio por muchas horas, o ese gremio había sido parte de su vida reciente. En eso estaba cuando no pudo creer lo que vio: ahí estaba Fernando Ayala, el hinchapelotas, de pie y en la lucha.

La doctora Corradi, jefa del Servicio de Clínica Médica, a esa misma hora estaba viendo lo mismo. Buscó la guía telefónica y llamó al gremio bancario. Casi sin escuchar a quien atendió, se presentó y despachó:

—Escúcheme, por favor, señorita. Dígale al señor Ayala que yo digo que se vaya a su casa a hacer reposo inmediatamente. Estuvimos trabajando tres meses día y noche para recuperarlo y ahora está en semejante lío... ¡No le dimos el alta para eso, por favorrrr...!

El doctor Guiara estaba viendo el noticiero en el bar de la Clínica San Alberto. Cuando lo vio al flaco, dejó el pocillo con café en el plato y enfocó en la pantalla. Reconoció a varias caras. El *mafioso* estaba bien cuidado, sonrió solo.

*

Los días posteriores se vivieron en una tensa calma. Mi dolor físico pasó a un plano secundario: no podía perder tiempo en especulaciones que yo creía egoístas. Había violado todas las recomendaciones, que sugerían una exposición lenta y progresiva, desde los más íntimos a los extraños. No había tiempo. A través de los medios televisivos y los diarios, muchos registraron mi aspecto, mi cabeza rapada y hasta los enormes vendajes en mis manos.

Contrariamente, yo me sentí cada vez más seguro para enfrentar y transmitir las difíciles decisiones tomadas. Estas asambleas multitudinarias me provocaron un devastador consumo de las escasas energías. Para remediarlo, descansaba periódicamente en un sillón que acondicionaron en el sindicato. Mi espíritu crecía de una manera colosal al punto de sublimar el reclamo de todos mis dolores.

*

—¿Quién se queda a cargo?... ¿Ayala?

Roxana, una empleada del banco, había escuchado sobre uno de los jefes del gremio, un tarado que se había caído en la montaña. El famoso Ayala vendría a ponerse al frente del reclamo. Cuando lo vio, apenas sostenido en su bastón, pálido, con las manos vendadas y sudando todo el tiempo, y se dio cuenta que todos lo consultaban, que cada uno estaba preocupado por lo suyo y él los atendía y les contestaba tranquilo y pausado, cambió su idea.

Nadie notaba que el flaco estaba destruido, muy pocos sabían de dónde había emergido unas semanas atrás.

—¡No puede ser, qué huevos que tiene! —le comentó a una de sus compañeras.

Sin conocerlo, se atrevió a arrimarse y le preguntó si se sentía bien y si necesitaba algo. Él no dudó. Seguro, contestó que sí, que estaba bien y que necesitaba que no aflojaran. Roxana se retiró del lugar, preguntándose:

—Si está hecho bosta, ¿por qué me dice que está bien?

*

Cuatro largos días después nos comunicaron que al fin se llegaba a una solución. Prestos a las novedades, una multitud de más de mil almas aguardaba atrincherada en el banco. Me dirigí hasta el aeropuerto con Orlando Muñiz, uno de los más duros de mis compañeros, para recibir a Sergio Palazzo. Cuando llegamos al banco, nos recibió un griterío infernal de todos los trabajadores, que se extendió por varios minutos.

Luego sobrevino un murmullo permanente, que cedió espacio a un silencio absoluto. La voz de Palazzo empezó a dibujar sonrisas. El acuerdo cerrado aseguraba la continuidad de trabajo en otras entidades financieras a ochocientas personas, y a las restantes, correspondientes a los mayores ingresos, se las beneficiaba con un retiro voluntario muy digno para el momento y para la situación. El secretario general, entre abrazos, me agradeció el esfuerzo y la emoción me desbordó. Me dolían los ojos de tanta lágrima.

Así culminé la semana en la que sentí las mayores emociones de mi vida.

*

20. VOLVER A EMPEZAR

El agua que tocas en la superficie de un río es la última de la que pasó y la primera de la que viene: así es el instante presente.

Leonardo Da Vinci

Poco tiempo después de la tremenda batalla bancaria, ya con los trabajadores del ex Banco Mendoza reubicados en otros bancos, Fernando fue retomando sus tareas habituales del gremio de manera, esta vez sí, paulatina.

Todavía quedaban largas sesiones diarias de rehabilitación, que incluían ejercicios con Gabriel, caminatas cada vez más largas, siempre acompañado por Inés, y, tres veces a la semana, asistía a un centro especializado en hidroterapia. Ahí llegó gracias a Elizabeth, una exbancaria que en otras épocas compartió junto a él la actividad gremial, que no dudó en ofrecer el lugar donde ella trabajaba por ese entonces. Fueron cuatro meses, donde a través de ejercicios en el agua logró recuperar elasticidad y masa muscular. Además, también pudo conocer a un ser extraordinario, el profesor Hugo Rivas, quien tomó su caso. Un hombre que había dedicado toda su vida a trabajar con personas discapacitadas, y que no dudó en quedarse más allá de sus horarios habituales, ayudando a Fernando para que comprendiera su presente y todas las posibilidades que tenía por delante. Otra persona especial volvía a cruzarse en su vida.

*

El 3 de julio, casi a seis meses del accidente, nació Fernanda. Inés sobrellevó un embarazo donde no faltaron complicaciones. Motivos no faltaron. Fernando todavía mantenía algunos vendajes en sus manos. Sin embargo, desde el primer momento buscó hacer algo que esta vivencia le había enseñado: con sumo cuidado, comenzó a hacerle pequeñas caricias con sus manos a la hija que acababa de llegar. Las primeras veces que la tomó estuvieron plagadas de nervios, producto de la inseguridad que sentía con sus nuevas manos. Pero de lo que sí estaba seguro era que con ellas podía transmitirle todo el amor que sentía y toda la gratitud, por haber sido uno de sus principales motivos, sino el principal, por el cual él había querido seguir viviendo. Tanto con Fernanda como con Nahir, él comenzó a comprender, entonces, lo que significa para un hijo recibir una muestra de afecto tan poderosa como es una simple caricia en la cabeza o en su mejilla.

*

Por esos días, la madre de Fernando acusó algunas molestias y le descubrieron una mancha en la zona del hígado. Un especialista tomó el caso y programó estudios diversos. El resultado fue la confirmación de un cáncer voraz.

La noticia lo desconcertó. La enfermedad estuvo latente desde bastante tiempo atrás, incluso antes de su aventura montañosa. Pero en ningún momento se manifestó con tal contundencia hasta allí.

Comprendió varias cosas. Por ejemplo que Dios, ella, o ambos, decidieron postergar cualquier progreso del cáncer mientras él estuviera en estado crítico. Era su hijo. Y una madre nunca deja de ser madre, con todos los atributos y atribuciones. Fue la única persona que no deslizó siquiera un juicio sobre su experiencia, aunque pudo haberlos tenido todos. Estuvo todas las mañanas en el sanatorio, aunque no lo vio más que unas pocas veces. Se plantó en la puerta de la base aérea esperando por lo que tal vez pudiera pasar. Lo animó a no abandonar sus ideales cuando comprendió, con una mirada sobre un cuerpo tirado en una cama, lo que estaban haciendo el gremio y sus amigos para salvar su vida. Quiso asegurarle su amor y compañía, viviendo intensamente los minutos, presente en el presente, hasta que entendió que ya podía volver a su vida, a caminar solo.

Nueve meses duró su despedida. Suficientes para entregarse mutuamente cientos de instantes gloriosos. Las energías que le quedaban le sirvieron para respirar la felicidad que se perdieron muchos años. Quizás fue una maduración postrera en su relación de madre e hijo. No perdieron nada, no, los postergaron. Ganaron esos instantes de disfrute y acompañamiento, que por sí justificaron tantos años siendo madre e hijo. Olga no desaprovechó un solo minuto inclusive con sus nietas. Nahir y la pequeña Fernanda recibieron durante todo este tiempo tiernos momentos de juegos y permanentes muestras de afecto de su abuela.

Por los comienzos de marzo, Olga ya no tenía tantas fuerzas para levantarse. Paradójicamente, ayudaron a cuidarla por las noches las mismas enfermeras que habían cuidado a su hijo en el sanatorio, quienes acudieron de inmediato al llamado de Fernando. Había tenido hasta ese momento una extraordinaria fuerza espiritual y anímica, que había hecho posible pasar un mes de febrero con sus dos hijos, veraneando en su amada Mar del Plata. Pasó sus últimos días rodeada de afectos, hasta que dijo adiós el 13 de marzo, tomándole la mano a su hijo varón.

Aprendió Fernando que siempre hay un espacio para otra emoción, por más dolorosa que sea. Desde esos días discute con el que se quiera poner enfrente que el corazón no se endurece con los golpes. Al revés, exactamente para el otro lado. El corazón se alimenta y revive con cada experiencia. Está para eso. Es un músculo y necesita ejercicio para estar ágil y preciso. La que se encierra, a veces, es la cabeza, pretendiendo asumir el control. Pero el que bombea la vida es el corazón. Siempre. Estaba vivo por eso, precisamente. Por el suyo y por el de tantos otros.

PRIMER FIN

21. MI AMIGO EL SOL, CAFÉ Y DESPUÉS

Y los días se echaron a caminar. Y ellos, los días, nos hicieron. Y así fuimos nacidos nosotros, los hijos de los días, los averiguadores, los buscadores de la vida.

Y si nosotros somos hijos de los días, nada tiene de raro que de cada día brote una historia...

Eduardo Galeano

Primavera. La Barraca Mall, en las afueras de Mendoza. Mesa baja de café con cuatro sillones. Cuatro personas y palabras que buscaban encontrar sentidos varios. Daniel Sanzone, el *Colorado*, el *Pollo* y yo, una vez más juntos, como siempre.

Mientras conversábamos, me colgué de un rayo de sol que, como todas las mañanas, sentía que venía a visitarme. No era exactamente el mismo rayo de cada día, pero, en todo caso, eran muy parecidos a mi simple vista. También, era parecida mi manera de reaccionar ante su presencia, a distintas horas, cuando tomaba conciencia de su visita silenciosa. Calentando el ambiente, jugando con alguna sombra o aun con su ausencia, me hacía un rato de compañía.

Me gusta compartir con este amigo algún momento del día. Es una experiencia relativamente nueva para mí y la vivo de una manera particular. Eso aprendí después de aquellos difíciles momentos.

Oía a Daniel, que siguió diciendo algo, pero no lo estaba escuchando. Lo último que registré de él fue cuando me dijo, del otro lado de la mesa, que había leído en un libro de

Eduardo Galeano una frase que le había pegado fuerte. Algo así como que "nada tiene de raro que de cada día brote una historia. Porque los científicos dicen que estamos hechos de átomos, pero a mí alguien me contó que estamos hechos de historias...".

Sentía que lo que viví tenía que llegar a mucha gente, para que pudieran tener la posibilidad de reflexionar sobre momentos que se presentan en la vida. Especialmente aquellos que nos resultan difíciles, dolorosos, tristes.

Sucede que, cuando vivir se hace costumbre, entonces los días son parecidos, con poco relieve, chatos, apenas movidos. En realidad eso pasa cuando la vida se nos hace una obligación tras otra. Propias o ajenas, pero deberes al fin. Hacemos muchas cosas creyendo que las hacemos por nosotros y nuestros intereses. Y no sé... La sensación de rapidez en que transcurre nuestra vida nos lleva puestos y justificamos que todo eso tiene sentido porque nos lleva adelante. O nos llevará, en algún tiempo.

No es para tanto, pensé siempre. Hasta que siempre se detuvo en ese preciso instante que escuché que "estamos hechos de historias". Así, dialogando con mis amigos, el café y el sol, recorrí en un segundo las miles de historias que hicieron la mía. Puntualmente, me detuve en aquella historia, de quince años atrás.

Después, en una loca carrera contrarreloj, quise calcular cuántas horas de historias se fundieron en tan poco tiempo... la puta... ¡cuántas horas de historias se encontraron con la mía...!

Escuché unas palabras que salieron de mis entrañas: "Es tiempo".

El *Colorado* me volvió a este setiembre.

—¿Qué estás pensando? —me preguntó.

—Que mi historia puede ser, de alguna manera, la de muchas personas...

—¿De qué hablás? —terció el *Pollo*.

—Que sí, amigos, que quiero compartir con otra gente lo que me pasó, porque sin darnos cuenta nos pasa a todos, todo el tiempo. No importa el lugar, la circunstancia. La vida es una sucesión de novedades, donde no hay momentos iguales ni repetidos. La experiencia de vivir es darse cuenta de que nada hacemos por obligación con nadie sino por decisión nuestra. A veces no sabemos por qué decidimos algo. Tal vez, hay cosas que nos parecen rutinarias, que ya no son decisiones por repetidas. Pero sí lo son, porque cada momento es nuevo y viene con un nuevo desafío, cada instante nace una nueva historia, cada segundo hay una opción que tomamos por ser humanos y creadores. Eso es lo que nos moviliza más que cualquier otra explicación, el hecho de sentirnos humanos creando una nueva historia. Sin saberlo, solo viviendo.

Un silencio cómplice siguió a mi comentario. A todos les pareció innecesario decir algo en ese momento. Prefirieron dejar que esa reflexión haga de las suyas. Una aventura más...

—Yo creo que esta historia sirve para eso, las decisiones más grandes de la vida no las pensamos, sino que las sentimos. Acá hubo mucha gente que hizo cosas jugadas, una cadena de actos muy valiosos, sin pensarlos demasiado. En realidad, nosotros te conocíamos, somos amigos de la vida como el Osvaldo, el Darío, el *Manzana* y el Daniel Ubeda, donde solo basta que a uno le pase algo para que los otros salgan a dar todo, sin medir nada, absolutamente nada. Así crecimos, así vivimos y sentimos la amistad. Siempre hemos sido incondicionales en cada momento bueno o malo de nuestras vidas —intervino Daniel.

—Pero muchos no te conocían y sin embargo sintieron que eras uno de ellos, un semejante —continuó.

—Eso es la intuición. Es como una *guía interior*. El campo de influencia de la intuición está acotado al momento previo a la toma de una decisión. Es fugaz, un flash. El instinto es una respuesta del cuerpo y la intuición se dispara desde el alma, es lo sutil. La intuición es algo existencial, mientras que el instinto es algo natural. Por eso digo que hubo muchas respuestas intuitivas y, también, instintivas, que atropellaron a unas cuantas razones que indicaban hacer otras cosas —se sumó el *Colorado*, acompañando sus palabras con sus brazos abiertos, dibujando en el aire que lo rodeaba.

—Creo que esta historia inspira la solidaridad, que es otro valor superior presente en todos los momentos. En los tipos que ayudaron en la montaña a bajarte, en los detalles del operativo de rescate, en los cuidados del sanatorio, en los de la bancaria, en nosotros tus amigos, en tu familia. Me parece que eso es lo que más pegará cuando lo lean otras personas: los gestos de solidaridad que fueron jugados, sin medida, que emocionan por ser gestos humanos grandes, de gente normal —comentó el *Pollo*.

—No quiero que esto se convierta en un relato centrado en mí, contarlo de la manera que lo vi, y que eso sea aceptado o no por quien lo lea. Con el tiempo he descubierto la magnitud de otras historias; que esta historia, la mía, solo es una especie de vehículo para ir recorriendo otras, de valor, de coraje, de determinación, de amistad, de profesionalismo, de amor, de piedad... en fin, muchos mensajes. Estas historias han puesto en relieve algunas conductas, más allá de sus límites normales, y considerando los contextos, precisamente.

Tomé aire y continué:

—Por eso creo que el mensaje no es uno solo, no tiene sentido tratar de sintetizarlo. Solo exponer cada una de las actitudes en particular, sin destacar una por sobre otras. Y que el valor se lo de cada quien y como lo perciba. Ni siquiera arriesgaría a elegir una de las historias... Fueron todas valiosas. Tan valiosas que sumadas hicieron que hoy esté acá...

—¿Y si no hubiéramos tenido éxito? —preguntó el *Pollo*.

—Creo que el valor estuvo en que nadie pensó en esa posibilidad —respondí en el acto.

—Fernando, creo que las cosas pasan cuando las sentimos, las deseamos tanto, tan vivamente, que movemos toda nuestra energía para concretar ese deseo. Es como un estado de gracia, casi de olvido de sí mismo, pero a la vez de plena disposición de habilidades, destrezas, talentos. Todo eso fluye cuando hay un mandato superior, cuando intuís que hay *algo* que hacer... Y hay que dejarse llevar por ese llamado. Las cosas empiezan a organizarse, aparece gente, recursos, maneras, tiempos, etcéteras... No necesitas estar en la montaña para sentir esto, podés vivirlo estés donde estés y hagas lo que hagas. Eso explica las *casualidades*. Porque hubo muchas en todo este caso. Mucha gente que tomó partido y se arriesgó, que apareció de la nada. Y entre esas casualidades, causales, parece que eras necesario acá un tiempo más —dijo el *Colorado*.

—Sí, pero otro Fernando —agregué.

—¿Por qué "otro Fernando"? —preguntó Daniel.

—Porque intento ser más reflexivo, más afectuoso con mis afectos, sereno, equilibrado, más amigo de mi vida. Repensar lo que hago todos los días, revisar mis acciones... prestarle más atención a lo que pasa a mi alrededor, a las decisiones que tomo.

—¿Vos creés que tiene que pasarte algo tan fuerte para que se den esos cambios? —insistió Daniel.

—No, para nada... bueno, a mí sí. A lo mejor lo que tiene que pasarte está en relación con lo que hay que cambiar. Tal vez más duro es el golpe cuando más fuerte es la estructura que hay que modificar. Fijate que cuando sacudís un árbol, solo caen las frutas que están maduras. Lo que no está a punto, sigue en el árbol...Y también caen las hojas secas, las que ya no sirven... No sé cada uno sabe y que saque sus conclusiones. Lo obvio no existe...

—La gente que lo lea se va a preguntar si todas estas historias fueron reales o fueron producto de nuestra imaginación —intervino el *Pollo*, sonriendo.

—Dejémosle a la gente la respuesta a esa pregunta, a esta altura... eso ya no es lo que más importa...

*

Fue el último comentario del encuentro. Cuenta de lo consumido dividido en cuatro, con el *Pollo* de recaudador, para pagarle al mozo que merodeaba la mesa desde hacía rato. Nos levantamos. Los abrazos de siempre para despedirnos hasta un próximo encuentro.

Comencé a caminar, con mi cabeza sumergida en un torbellino de recuerdos y pensamientos. Un sinnúmero de sensaciones acompañaban mis pasos. Y no era para menos. El café y los cuatro que alguna vez quisimos intentar vivir juntos una aventura diferente a las tantas que habíamos vivido, me habían hecho recordar con especial sensibilidad aquellos momentos.

Distintos lugares, personas y gestos volvieron a mí con una nitidez como nunca antes había ocurrido. Por un instante miré mis manos, fieles testimonios de lo vivido. Con los años se transformaron, junto con otras tantas cicatrices que quedaron para siempre en el resto de mi cuerpo, en estímulos extraordinarios, como extrañas formas de energía para seguir adelante. Estas manos sostienen recuerdos vivos de amor, entrega, heroísmo y tantos valores más de muchas personas que se unieron en una cadena formidable. Hoy, a más de 15 años de distancia, puedo darles las gracias, otra vez, a cada uno de ellos.

Fui protagonista de un accidente descomunal pero, al mismo tiempo y más importante, también soy un testimonio vivo de un enorme acto de código humano. No importa tu origen, posición económica o condición, puedes ir más allá de tus límites habituales, descubriendo nuevas posibilidades, cuando sientes que las circunstancias así lo exigen. Cuando abres una ventana de conciencia sobre tu ser-humano. Mi caso fue en una montaña, en un escenario majestuoso y extremo. Pero no deja de ser una anécdota frente a la magnitud de lo que hicieron esos hombres y mujeres.

Ese tesoro habita en cada uno de nosotros. Solo se necesita... tomar la decisión de dejarlo brillar.

SEGUNDO FIN

Editorial
www.tintadeluz.com.ar
+54 9 261 3014073
info@tintadeluz.com.ar
Mendoza, Argentina.

www.ingramcontent.com/pod-product-compliance
Lightning Source LLC
LaVergne TN
LVHW041200150826
845673LV00001B/238

* 9 7 8 9 8 7 4 7 5 9 0 0 9 *